スキルはコピーして上書き最強でいいですか 1

改造初級魔法で便利に異世界ライフ

A L P H A L I G H T

深田くれと
fukada kureto

アルファライト文庫

ルーティア

ダンジョンコア。
謎(なぞ)スキル『エッグ』が
進化した存在。
サナトにしか声が
聞こえない。

サナト
(柊佐奈人(ひいらぎさなと))

本編の主人公。
異世界転移者ながら、
清掃係として暮(く)らしていた。
ダンジョンで新(あら)たな力に
目覚(めざ)める。

ザイトラン
情け容赦のない奴隷商。
金に執着し、数々の悪事に
手を染める。
バール
圧倒的な戦闘力を
誇る悪魔。リリスと
何らかの関係が
あるようだが……？
リリス
奴隷の少女。
人間と悪魔の血を引く魔人。
特徴的なスキルを持ち、
ステータスも高い。

第一話　最強を夢見る清掃係

「ええい！」

月明かりが照らす闇夜。森の中で黒髪の男が銅剣を振り下ろした。

彼の名は柊佐奈人。異世界転移者だ。仕事帰りに寄ったコンビニから出た瞬間に、「サナト」としてこの世界に飛ばされた。

色々とあったが、現在はレベルアップを目的に経験値稼ぎ中だ。

「ちっ、かわされた」

サナトは苛立たし気に舌打ちをして、己の剣をかわした敵を睨みつける。

冒険者気取りの彼はこんな雑魚に、とプライドを傷つけられた。

剣をかわして軽いステップで横に飛んだ敵は膝下くらいの大きさだった。

見かけは——鳩。馬鹿にするようにクゥゥルゥゥと一声鳴いた。

ウォーキングポッポ

レベル3　鳥獣（ちょうじゅう）

がこれだ。

《鑑定眼》というスキルを持つサナトには敵の情報が見えている。格下だと判断する理由

ぎりっと歯をくいしばった。

「手こずってたまるか」

気持ちを切り替えて一気に踏（ふ）み込む。今度は命中した。一閃（いっせん）という言葉が浮かぶ。

振り下ろしをやめて真横に薙（な）いだのが良かったのかもしれない。

ウォーキングポッポが闇に溶（と）けた。場には茶色い羽が一本残された。

ドロップアイテムだ。安いがギルドで買い取ってもらえる。

「まあ、三回に一回くらいは運が悪いときもある」

狙（ねら）いを外（はず）した負け惜（お）しみをつぶやいたが、誰も聞いている者はいない。

――レベルが上がりました。

「よしっ」

頭に直接響（ひび）く天の声に、サナトは拳（こぶし）をぐっと握（にぎ）った。

この瞬間がもっとも嬉（うれ）しかった。努力が世界に認められたとはっきり分かるからだ。

「ようやくレベル８か」

早速ステータスウィンドウを開いて自分の情報を確認した。

サナト　25歳
レベル8　人間
ジョブ：村人
《スキル》
清掃：初級
鑑定眼（かんていがん）：初級
エッグ

「ちゃんとレベルは上がっているな。だが、スキルは変わらずか。熟練度（じゅくれんど）が関係しているのか……《エッグ》はまったく意味不明だし。たまご爆弾でも投げられるようになるのか……」

ぶつぶつと疑問を口にしつつ、足下に視線を落とした。

異世界転移に大いに喜んだ彼だが、神様は恵まれたレベルもジョブも与えてくれなかった。

それどころか、攻撃に使えそうなスキルすらなかった。

それなら、と高レベルのパーティに紛れ込んでレベルアップしようと目論んだのだが、こんな低レベルの冒険者もどきと組んでくれる者は一人もいなかった。

軽くあしらわれ、時に蔑まれた。そのために、今は仕方なく夜な夜な街の近くで鳩を狩っている。地道に一羽ずつだ。

これが、毎晩の日課であった。

＊＊＊

「ふあぁっ」

サナトはあくびをした。

従業員にあてがわれた休憩室には、十数人の同僚がくつろいでいる。午前の仕事を終わらせ、まかないを食べた直後。誰もが眠気に襲われる時間帯だ。

彼の現在の職業は城の清掃係。転移直後から仕事を転々としたが、今は待遇が比較的恵まれたこの仕事に落ち着いた。

《清掃》スキルのおかげで、人より掃除のスピードが速いのも理由の一つだ。窓を軽く拭くだけでも人より綺麗に仕上がる。

とても重宝されていると思っている。

「サナトさんが来てからもう一年ですね」

「あっ、ミティアさん、覚えてくれてたんですか」

「もちろんです。だってサナトさん、すごくがんばってますから」

ミティア　20歳
レベル14　人間
ジョブ：村人

　おっとりとした雰囲気の若い女性がサナトに優しく微笑んだ。ブラウンの髪を後頭部でまとめただけの飾り気のない髪形の彼女は、笑顔がとても魅力的だ。

「一年前はあんなに痩せていましたものね」

「ろくな仕事が無かったので……」

　戦うスキルを一つも持たないサナトは、必死に仕事を探した。どんな世界でも、生きるには金が必要だ。冒険者になるにも最低限の武器はいる。

「珍しいですね。清掃長がいらっしゃるなんて」

　ぼんやりと転移直後の苦労を思い出していると、気難しそうな男が一人、休憩室にずかずかと入室してきた。滅多に見かけない清掃係のトップだ。

首を傾げたミティアに続いて、サナトも何事かと眼を細めた。誰かを捜している様子だ。

「サナトはいるか?」

「あっ、はい。ここにいますが……」

サナトは一瞬体を硬直させたのちに、おずおずと片手を挙げた。

「お前、明日から来なくていいから」

「えっ……」

サナトの時間が止まった。みるみる顔から血の気が引き、土気色に変化した。視線がうな垂れるように床に向いた。

「全員聞け。明日からサナトの代わりに一人入ってくる。詳しく話せないが、とにかく大事に扱ってくれ。あと……簡単な仕事だけ任せる形にしてくれ」

「それって戦力にならない人を雇うって聞こえるのですが。どこかの貴族の隠し子とかですか?」

サナトの落ち込む様子を尻目に、最も職歴の長い女性が当然の疑問をぶつけたが、清掃長の返事はにべもない。

「余計なことを詮索するな。お前達は言われたとおりの人事を受け入れるだけで良い。とにかくサナトの勤務は今日で終わりだ。もし荷物があるなら至急まとめろ。明日の朝までは待ってやる。それと、これは今月の労働分の給金だ。では、伝えたからな」

清掃長が小さな布袋を中央のテーブルに乱暴に放り投げ、踵を返して出ていく。数枚の硬貨が物悲しく小さな音を立てた。

扉が閉まる音と共に、あちらこちらで「なによそれ」「また仕事がしんどくなるじゃない」と苛立ちを吐きだす声が飛び交った。

しかし、解雇された当の本人には誰も声をかけようとはしない。ミティアですら周囲にまぎれるように距離を取った。

サナトはすがる思いで視線を送ったが、あっさりと目をそらされた。手のひらを返すと決めたのだろう。

（事前の通知も退職金も無い。何もミスはしていないのに……甘かった）

サナトは天井のレンガ壁を呆然と見上げた。

サナト　25歳
レベル8　人間
ジョブ：村人
《スキル》
清掃：中級
鑑定眼：初級

エッグ

日が傾き、気温がぐっと下がり始めていた。

少しの荷物をまとめたサナトは逃げるように城を出た。居場所はもはや残っていない。

慌てて新しい仕事を探してみたものの、低レベルの《清掃》スキル持ちを雇ってくれる職場は見つからなかった。

（一か八かだな……）

にぎやかな街並みを冷めた目で眺めていたサナトの瞳に危険な輝きが灯った。追いつめられると人は良からぬことを考える。

営業時間終了間際の冒険者ギルドに滑り込んだ。そして迷うことなくここから遠くない迷宮へ向かう馬車を申し込んだ。

値は張るが、護衛がつくために道中の危険が少なく、初心者にはうってつけなのだ。

さらに有り金をはたいて、安い銅剣を新調し、アイテムボックス――誰でも買える、入れた物が空間に消える謎の箱――の最小サイズを購入する。

サナトは一人で迷宮に乗り込むことを決めたのだ。

ほどなくして、本日の最終便の馬車に乗り込む。人は極端に少ない。

今から行けば到着は完全に夜中だ。わざわざこんな時間に行くのは、余程の迷宮好きか、やけっぱちか、確固たる目的があるかのどれかだろう。

（魔石の塊さえ見つかれば金の心配はいらない。俺だって冒険者生活で強くなれるはずだ……）

揺れる馬車の中で、レベル8の男は呪詛のような言葉を何度も吐きだした。

第二話　スキル急成長

馬の嘶きとともに馬車が止まった。時間は短いが、慣れない者にはかなりつらい揺れだった。

だが同乗者達はそんなことをおくびにも出さず、ひらりと降りて迷宮に入っていく。

改めてぽっかりと開いた大きな入口と対面する。

迷宮から漏れ出る湿った空気と得体の知れない臭いを前に、一つ大きく息を吐いた。

「やるぞ」

手には買い替えた銅剣。戦う手段は剣術もどき。剣術スキルは無い。

アイテムボックスには水筒と干し肉とほんの少しの金。

「大丈夫だ。練習したとおりに斬ればいい。一階層なら敵も弱いはず」

自分に言い聞かせるようにつぶやき、世界でも最大級の規模の迷宮に足を踏み入れた。

＊＊＊

至るところに生えた緑色に光る苔が、夜の洞窟で敵の居場所を映し出す。

《鑑定眼》初級で見える情報はほとんどない。頭上に映るレベルと情報バーで闇の中でも位置が分かるくらいだ。

普段人が多い場所では視界の邪魔になるために使用しないが、現在は常時有効にしている。

サナトの視界に一匹のモンスターが現れた。

ウォーキングウッド
レベル9　植物

「くそっ、初っ端に植物か。《火魔法》があれば……」

根で器用に歩く小さな木のモンスターを前に力不足を嘆いた。

ここでも低レベルと金欠があだとなった。この世界には初級なら金で買えるスキルが多い。メジャーな《火魔法》もその一つだ。

購入したスキルを付与(ふよ)してもらうと、誰でも初級魔法を使えるようになる。

だが、問題がある。購入にはレベル16以上であることが求められるのだ。加えて価格が清掃係の給料でほぼ一年分。逆立(さかだ)ちしても購入は不可能だ。

もちろん、生まれつき持っていることも、この場で都合良く使えるようになることもない。

「くらぇっっ！」

銅剣を大上段に構えて振り下ろす。鳩を相手にひたすら磨(みが)いた技術だ。

一度目は胴体に切りかかったが弾(はじ)かれた。ならば枝を一本でもと狙ったのだ。

しかし、敵はそれを読んでいたのか、流れるような動きでかわすとくるりと半回転し、がら空(あ)きのサナトの脇腹(わきばら)に枝で打撃を放つ。

くぐもった声と共に、サナトは数メートルほど後方に吹き飛ばされた。

「ぐっ」

初めての格上の攻撃。出血はないが、触(さわ)ると痛(いた)んだ。

どこに目があるのか分からないウォーキングウッドがゆっくりと近付いてくる。とどめを刺すつもりだろうか。

すると、サナトの前に見知らぬフルアーマーの男が立ちはだかった。

間髪(かんはつ)を容(い)れず、数歩ウォーキングウッドに近付いて水平斬り。あっけなく真(ま)っ二(ぷた)つになり、光の粒(つぶ)になって霧散(むさん)した。木炭が乾(かわ)いた音を立てて転(ころ)がった。

「きみ、大丈夫？　脇腹見せて。聖なる光よ、《ヒーリング》」

サナトに駆け寄ってきた案じ顔の女性が回復魔法を使用した。

まばゆい光が洞窟内を照らし、痛みが消えた。

「坊主……って、お前もう結構いい年齢じゃねえのか？　おいおい、あれに手こずってやがるとは。助けて損したな」

「だから僕も言いました。無駄に人助けする必要はないと。アズリーもその辺でいいでしょ？　行きますよ」

「……うん。あの、あんまり無茶しないでね」

見るからに熟練の四人組のパーティ。がっちりした体格のタンクと戦士の前衛が二名、気難しそうな魔法使いが一名、そしてサナトを助けた回復役が一名。

いずれもレベルは30超えで遥かに高い。サナトは羨望と妬みをない交ぜにした複雑な顔でぐっと歯をくいしばる。

「礼の一つも言えねえとは情けない野郎だ。ほら、行くぞ。今日こそ三十階層を突破する」

戦士の男がそう言うと同時に四人が掻き消える。

「くそっ……俺一人でも倒せたんだ」

その場に残されたサナトは、悔しげに拳を大地に叩きつけた。

＊＊＊

サナトは何度も足を止めて地面や壁の隙間を覗き込んだ。魔石を探しているのだが、メイン通路には一つも見当たらなかった。

大きくため息を吐いて脇道に入った。それが大失敗だった。

巨大な空間の中央まで進んだ時に、入り口が音を立てて閉まった。

すると、どこにいたのか、ウォーキングウッドが細い横穴からうじゃうじゃと現れる。

光苔に照らされたおぞましい光景に、サナトは息を呑んだ。

《鑑定眼》に数えきれないほどの情報バーが現れる。どれもがレベル9だ。

「なんてこった……」

サナトは目の前の絶望的な状況を眺めながら、だらりと腕を下ろした。

これで終わりか。ぐっと歯をくいしばって目を閉じた。

「んっ？」

だが、覚悟した瞬間は訪れなかった。薄目を開けた。

「――っ⁉」

ウォーキングウッドは煙のように消え、代わりに白いドラゴンが座していた。神々しく、神聖な後光を背負う竜だ。金色の瞳と、額に生える大きな角。

《鑑定眼》が妨害された。頭上の情報バーには「鑑定不可」の文字。

異質な存在にサナトは目を見開いた。ドラゴンが、低く威厳のある声で問う。

「まさか人間とは。なぜそんな状態に？」

サナトは意味が分からず首を捻る。ドラゴンが目を細めた。

「分からないか。まあ仕方ない。どちらにしろ、私にとっては都合が良かった。もう務めは終えた。少しでも楽になるように、あとは任せよう。このダンジョンは好きにすると良い」

圧倒的な存在感を放つドラゴンがみるみる小さく縮み、サッカーボールほどの光る卵形の物体になった。

「思えば私のダンジョンは強くなりすぎた。誰も攻略できなかった。早々に攻略されるのも困るが、ほどほどは大事だとよく分かった……さあ、壊せ」

ぼんやりとした思考の中、サナトは体を動かそうとしたが、うまく動かせない。

『壊してあげて』

その時、あどけない少女を彷彿とさせる声が頭に響いた。体が突然軽くなり、握り拳を開いたり閉じたりする。

そして、言われるがままに剣を頭上に構え、躊躇なく光の塊に振り下ろした。途端に天の声が連続で響く。

――ダンジョンコアの破壊を確認しました。

《エッグ》が解放されます。新たなダンジョンコアが産まれました。

ダンジョンコアの破壊ボーナスが与えられます。《スキル最強化》を適用します。

《清掃》が《浄化》に昇華しました。

《鑑定眼》がユニークスキル《神格眼》へ昇華しました──

「ふふ。《神格眼》とは……よ……ほど、恵まれた……よ……う……だな」

塵になって消えていくドラゴンはそう言い残した。

第三話　今日から最強？

サナトはおぼつかない足取りでメイン通路に戻った。

(あれは何だったんだ？　とてつもない力を譲ったようなことを言っていたが……そもそも、あの卵はなんだったのだろう。本当にダンジョンコアなのだろうか)

広大な迷宮の最下層にあると言われるダンジョンコア。破壊した者は億万の富を得たとか、圧倒的な性能の武器を手に入れたとか、眉唾物の噂で語られるものだ。それを夢見る冒険者も後を絶たない。

サナトはスキルを確認する。

《清掃》中級が《浄化》に、《鑑定眼》初級が《神格眼》に。そして《エッグ》が無くなって《ダンジョンコア》に変化していた。また、スキル欄が分割されて、通常スキルとユニークスキルに分かれている。

――バルベリト迷宮がダンジョンコアを失いました。新たにコアとして登録しますか？

ＹＥＳ　ｏｒ　ＮＯ？

天の声が唐突に選択肢をサナトに突きつけた。

（なんだ？　登録？　選択肢など初めてだ。だが、コアなど願い下げだ）

「ＮＯ」

『ええっ⁉』

「だ、誰だ？」

『えっ、私？　ダンジョンコアのルーティアだけど。さっき話しかけたよね？』

「ダンジョンコアのルーティア？　それが俺に話しかけていると？」

『そうだよ。ようやく《エッグ》から孵化できた。これからよろしく、マスター』

「マスター？　意味が分からない……」

『なにか難しい？　マスターはダンジョンコアの素質である《エッグ》を持っていた。それが古いダンジョンコアを壊して目覚めたってだけだよ？』

「そんなに簡単に言われてもな……なぜダンジョンコアがしゃべる？　そういうものか？」

『そういうものだから。さっきのドラゴンもしゃべってたでしょ？』

「まあ、百歩譲ってそうだとしよう。で……ルーティアは俺がダンジョンコアに登録しないことに驚いていたようだが？」

『あっ、そうそう、それ。マスターはダンジョンを引き継がないの？』

「ダンジョンの主ってことだよな。楽しいのか？」

『まあ別に楽しさはないけど……楽？　マスターってつらそうに働いてたから、そういうのがいいのかなって思って』

　サナトは腕組みをした。

（たとえ自分のダンジョンで魔石を拾い放題だとしても、外に出られなくなるのなら意味はない。ダンジョンコアになって、侵入者を撃退すれば死人も大量に出るだろう。そんな場所の管理人など嫌だな）

　深く頷く。これ以外の結論はないと確信した。

「やめておく。それにさっきの一件でとてつもない力を得たはず。それならこの世界の生活を楽しみたい」

　——コアの登録を拒否しますか？　ＹＥＳ　ｏｒ　ＮＯ？

「ＹＥＳ」

『そっか、マスターは人生を精いっぱい楽しみたいんだね』

「俺は強者としての普通の生活を経験したい。奪われて、何かに怯える生活が嫌なんだ」

『うん……なら付き合う』

ルーティアの神妙な声をどことなく訝しく感じながら、周囲を見回した。

ウォーキングウッドが一匹、警戒することなく横切っていた。

「ちょうどいいな」

サナトは《神格眼》を有効にした。

ウォーキングウッド
レベル9　植物
《ステータス》
HP：73　MP：35
力：36　防御：29　素早さ：37　魔攻：24　魔防：19
弱点：火
《スキル》
HP微回復
土魔法：初級

（すごい。全てが見えるのか。ＨＰとＭＰのバーまで追加されている。しかもモンスターを始点にした薄い黄色の扇形の範囲。おそらく――）

「モンスターの視野が見えているのか？」

『正解でーす』

サナトは感嘆の声をあげた。相手の視野が見えるということは、不意打ちが可能だ。《神格眼》に映る敵の視野は狭い。余程近づかなければ戦闘を避けられるだろう。

だが今は進んで視野に踏み込む。扇形の範囲がオレンジ色に変化した。続けて敵から細い茶色の矢印がサナトに向けられた。

「ルーティア、これは？」

『攻撃や魔法の進行方向。茶色は土魔法だよ。もうすぐ放たれるはず』

淀みない説明にサナトは頷く。

（要は敵の攻撃の向きか。魔法の先読みと属性の把握まで可能とは。《神格眼》はチートだな。恐ろしい能力だ）

飛んできた三十センチほどの土の塊をかわす。背後から、迷宮の壁で砕け散った音が響いた。

間違いないだろう。サナトは嬉しくなって口端を上げた。

「次は攻撃だ」

銅剣を抜刀。円の動きで近づきながら、視野の外へ逃げつつ、腕代わりの枝への斬りおろし。ひゅんという小さな切り裂き音が敵に迫る。

だが、

「弾かれたっ⁉　うぉっ⁉」

ウォーキングウッドが体を回転させて、薙ぐように振り回した攻撃を、もんどり打って回避する。

「なぜだ？」

サナトは大きく首を捻った。四人組の戦士はあっさり胴体を斬っていた。だが、サナトの攻撃は枝すら斬り落とせない。

「ルーティア、どう思う？　一刀両断の攻撃だったはず」

『レベル差でしょ』

「……レベル差……だと？」

『うん。だってマスターのレベルは8だし、敵の方が強いんでしょ』

「……ありえない」

ステータスを再度確認した。

サナト　25歳

レベル8　人間
ジョブ：村人
《ステータス》
HP：57　MP：19
力：26　防御：26　素早さ：33　魔攻：15　魔防：15
《スキル》
浄化
《ユニークスキル》
神格眼
ダンジョンコア

コアを破壊したのにレベルは8のままだった。何度も敵のステータスと見比べ、顔を歪(ゆが)める。

一つも勝っている部分が無い。サナトのステータスは何も変わっていなかった。

サナトは慌てて体の向きを百八十度反転させた。

「うぉぉおっ」

『マスター……何をしてるの？』

「見れば分かるだろ！　逃げてるんだよ！」

『敵の方が素早いけど』

ルーティアが絶望的な事実を告げた。しかもそれを裏付けるように枯れ木が追ってくる。

無口な枯れ木の全速力はえも言われぬ恐ろしさがあった。

（真剣になるとこんなに速いのか。まずい。すぐに追いつかれる。何か手は……）

「ルーティア、助けてくれ」

『ごめん。私には攻撃能力が無いから無理。ダンジョンコアだし』

「くっ……」

ダンジョンを持たない《ダンジョンコア》は無力だ。サナトは歯がみする。

（待てよ。まだ手はある。新しい《浄化》だ。《清掃》の最上級のはず。だが、効くのか？

というかこれは攻撃スキルか？）

自問自答を繰り返しながらも、《浄化》で使えそうな技を一覧から物色する。半透明のウインドウに集中するせいで何度もつまずきそうになった。

《滅殺の光》という魔法を見つけた。危機はもう間近だ。即座に使用した。

「一か八か、と考えてた割に生きるのに必死だな」

サナトは苦笑しつつ、システムに求められるがままに範囲指定を試みる。すでにここら一帯が含まれていた。

「実行！」

振り返って敵を睨みつけた。

――ＭＰが足りません。

まさかの無慈悲な天の声。あんぐりと口を開けた。

「そんなバカな……うぉぉぉっ」

『マスター、逃げても無駄だって……』

ルーティアが呆れたように告げたがサナトは必死に逃げた。出入り口が見えてきた。闇の世界へ身を投じる。

「どうだ？」

湿った緑の臭いが鼻についた。

サナトは荒い息を吐いてほっと胸を撫で下ろした。敵は追ってこなかった。

『あれ？　どうして？』

ルーティアが間の抜けた声を上げた。

棲息地がこの迷宮内に限られているのだろう。エリアを越えてまで追いかけられないのだ。

（この半端なチートは何だ。《神格眼》は反則的なほどに役立つ。《浄化》はよく分からない。レベルは８のまま。ステータスは変動なし。ＭＰが足りないなどありえないだろ）

地面に腰を下ろし、アイテムボックスから水筒を取り出して水を浴びるように飲んだ。

（極めつけは《ダンジョンコア》だ。新たなコアになれるみたいだが、戦闘では役に立たない。ダンジョンコアの破壊ボーナスは意味がなかったということか……）

「これは……最強……か？」

サナトは暗闇の中、途方に暮れた。

第四話　見えない進化

「一晩、泊めて欲しい」

「別に構わねえが、まだ朝だぞ？」

サナトは無言で受付の男に数枚の硬貨を渡す。アイテムボックスに残っていた金と木炭一本を売った金だ。

街に戻ったのは明け方だった。モンスターの影が濃い迷宮の入口で低レベル冒険者が一人でキャンプなど無謀だ。結局、朝まで馬車を待てずに歩いて戻ってきた。

途中、レベル3のウォーキングポッポの集団に襲われたが何とか撃退することができた。

足を引きずるように階段を登る。ここは食事も風呂も無い素泊まり限定の宿屋。異世界に来てから一年ほどの間は、この安価な宿をよく利用していた。

狭い個室に入り、平らな布団が敷かれた簡易ベッドに乱暴に体を預ける。

傷んだ床板が小さな悲鳴をあげた。

「ルーティア、起きたら説明してくれ」

『なんの説明？』

サナトは答えなかった。襲い来る睡魔に勝てなかった。

＊＊＊

目覚めたのは朝方だった。丸一日眠っていたことになる。

空腹を感じ、アイテムボックスの干し肉と水を一気に呑み込み、盛大に咳き込んだ。

『マスター、大丈夫？』

「……大丈夫だ。それよりルーティア、早速だけど色々と説明してほしい」

『寝る前に言ってたことだよね？　何を説明すればいいの？』

「まずは、ルーティアの能力だな」

『私の能力？　備わっているのは《解析》だよ』

「どのダンジョンコアでも持っている能力ってことでいいのか？」

『ううん。マスターが壊したコアの能力は《スキル最強化》だったでしょ？　《解析》は私の固有能力だよ。マスターのユニークスキルみたいなものかな』

「その《解析》で何ができる？」

『色々。ダンジョンを通じて敵の弱点を探すとか』

「弱点は《神格眼》でも見える情報だ。つまり……あまり役に立たないと？」

『そ、そんなことないよ！　いらない子みたいに言うのはやめて！　私は優秀なんだから！』

　ルーティアが慌てたように主張する。

「だが、事実はそうなる。他に無いのか？　この世のすべての情報を網羅しているとか」

『うーん……実は私もまだ能力がよく分かってなくて……』

「自分の能力なのにか？」

『だって、孵化したばっかりなんだよ？　マスターの経験値をもらってるけど少なすぎて……私って成長しにくいみたいなの。分かりやすいレベルっていうのも無いみたいだし』

「待て。聞き捨てならないことを聞いたぞ……俺の経験値をもらっているだと？」

『うん。《エッグ》の時は七割くらい』

「七割……だと？」

『そうだけど……今は孵化できたから十割』

「十割っ⁉　全部じゃないか」

『ごめん。でも、これで成長は速くなるはずなんだ。マスターから自動的に流れてくる仕組みだから、どうしようもないし』

「じゃあもしかして、俺のレベルの上がり方が遅かったのは……」

『たぶん……私のせい……だと思う』

　サナトが呆然と天井を見上げた。要約すればこれからはまったくレベルが上がらないということだ。

（いつまで吸い取られる？　レベルが力を表すような世界で俺はずっとレベル8なのか？）

　拳に力を込めて、苛立ちと共に薄いベッドに振り下ろした。室内に乾いた音が反響する。

「いや、待てよ。ルーティアはしゃべっているがスキルだよな？　無効にしておけば経験値は俺に入るんじゃないのか？」

『無効にされても経験値は取っちゃうみたい。だから無効にしないで……』

「そんなバカな……」

　頭を抱えてうめいた。幽鬼のごとくベッドから立ち上がる。

『あっ、マスターどこ行くの？　もう体は大丈夫なの？』

「絶望的な状況だと分かったからな……今は体より金だ。俺はもう無一文だ。至急金を稼ぐ。飢えて死ぬのはまっぴらごめんだ」

『さすがマスター、行動が早い！　バルベリト迷宮に行くんだね！』

「俺は一階層の雑魚にすら勝てないんだぞ。言ってて悲しくなるが……もう一攫千金狙いの冒険者はあきらめた。先読みができてもこれ以上レベルが上がらないならおしまいだ。これからは……コツコツ働くしかない」

　サナトはあまりの事態に心がささくれ立つのを感じた。

　だが、生きるためにはなんとか今の能力を活用するしかないのだ。無い物ねだりは続けられない。

「《浄化》を使って掃除を極めるしかないか」

　重いため息が漏れた。

＊＊＊

　宿屋を早々に出たサナトはその足で仕事紹介所に乗り込んだ。二年間の異世界生活で転職には慣れている。

　雑然とした掲示板の求人票を、必死の形相で探す。背伸びをして上を、しゃがみこんで下を。

　だが城の清掃係のように、給料も待遇も良い仕事は見つからない。

「継続雇用は難しいか。しばらく日雇いで様子を見るか」

隣の掲示板に移ってすぐに、目に留まった求人票があった。内容は休業していた食堂の再開準備だ。そこそこ大きな食堂を数日後から再開するようだ。仕事内容は店の清掃。

依頼者はガンリット。レベル制限も無い。

「俺にぴったりだな。だが、四人のみ募集か……急がなければ」

サナトは求人票の住所を数回口ずさむと、慌ただしく紹介所を後にした。

店の戸を叩くと、出迎えたのは四十そこそこの恰幅の良い男だ。足下には幼稚園児くらいの子どもが二人いる。兄妹だろうか。二人ともしっかりと男のズボンを握っていた。

まずは使い慣れた営業スマイルで子供にアピールする。

「変なかおー、あはははっ」

兄の方は男の背後に隠れ、妹の方は大笑いだ。サナトは予想外のことに顔を引きつらせる。

「ガンリットさんですか？」

「ああ、そうだ。うちの求人を見てくれたのか？」

「はい。掃除には自信があります。是非雇ってもらえないかと思いまして」

依頼者であるガンリットにはスマイルは好印象だったらしい。隠れて拳をぐっと握りしめる。幸先が良かった。

「ステータスカードを見せてくれ」

この世界では雇用前の身分確認は重要らしい。カードを渡そうとした手が一瞬触れた。サナトが感心するようにガンリットの手に目をやる。そこにあるのは節くれだった岩のような手だ。食堂をやろうとする男の手ではなかった。

「サナトか。俺も冒険者として長いが、この《浄化》というのは何だ？　初めて見るスキルだな」

「掃除ばかりしていたら《清掃》からレベルアップしたんです」

「《清掃》からレベルアップ？　初めて聞いたな」

やはり見えていない。サナトは確信する。

ステータスカードで見えるのは通常スキルのみ。ユニークスキルは見えないらしい。実際にこの二年間で一度も《エッグ》について突っ込まれたことはなかった。元々ユニークスキル扱いだったのだろう。

逆に、《神格眼》はすべてを看破できる。ガンリットの年齢は四十三歳。レベル38。

長い冒険者生活は伊達じゃないようだ。

《剣術》の上級を筆頭に、《盾術》《斧術》が中級。《火魔法》初級。ついでに《力＋30》と《物理攻撃ダメージ＋３％》まで持っている。明らかに戦士系だ。

羨ましくてサナトは目を細めた。

一方で料理スキルは初級だった。生まれつきか、金で買ったのか。

「生活向けのスキルなので見たことが無いのは当然かと。ですが求められる仕事は十分にこなします。なんなら、店内の清掃すべて……四人分の仕事を俺一人でしますよ」

「本当か？　それは俺としては大助かりだが、あまり時間はやれないぞ」

「報酬三人分でどうです？」

「一人分はサービスか。レベルが低い割に自信ありげだな」

「だめですか？」

「いや、仕事さえしてくれればかまわんさ。任せよう。今から取り掛かってくれるんだろ？　俺はチビ達を連れて買い物に出る。半日はかかるはずだ。帰ってきたときに――」

「できを見て仕事を任せるか決めると」

「そういうことだ。まあとにかくがんばってくれ」

＊＊＊

『ねえマスター、お店の中ひどい汚れだよ……これって葉巻のせい？　いつから掃除してないんだろ。油汚れみたいなのもべっとりついてるし……うわぁ。これ一人でやるの？』

「一人でやる」

サナトは自信ありげに言う。

『半日でどこまでやるつもり？　入口部分だけとか？』

「そんなはずがないだろ。《浄化》の中にいい魔法があった。それを使う」

『えっ……あっもしかして《滅殺の光》？』

「それはそもそも使えん魔法だし、どう見ても攻撃用だ。間違って吹っ飛ばしたりしたらしゃれにならん。そうじゃなくて《清浄の霧》だ。なんとなくだが、これは泡石鹸でも出そうだ」

『泡石鹸ってなに？』

「時間が無いから説明はまたあとな」

『えぇー』

「とにかくやるぞ。というか、あれ……なにか別のページが……」

『ほんとだ……技名から別ページに行くと呪文が書かれてる。気付かなかった』

「……洞窟で見た時にこんなページあったか？」

『どうだろう。マスターはウォーキングウッドから逃げるので必死だったし』

「逃げるのに必死って……まあその通りなんだが」

　サナトは腕組みをして首を傾げる。

《滅殺の光》を使った時にはこんなに丁寧な説明書きを見た記憶がなかった。ウインドウに表示されているページをまじまじと眺めた。

長い呪文が必要だと書かれ、必要ＭＰまで表示されている。そもそもＭＰ19のサナトが使える魔法ではなかったようだ。見落としたのだろうか。

『まあいいじゃん。そのうち分かるでしょ』

「……そうだな。まずは使えるものから使っていくか」

何かが引っかかったが正体は分からない。サナトは先送りすることを決めた。

今やらねばならないことは掃除だ。

朗々と《清浄の霧》の呪文を読み上げた。

(大丈夫だ。この魔法はＭＰが足りる。ギリギリな)

瞬く間に店の至る所に濃い霧のようなものが現れた。

第五話　目覚める力

『マスターすごい！　ほんとにきれいになった。もうぴかぴか』

「ぜぇっ……そ、そうだろ。俺も大魔法を使ったかいがあった」

サナトが荒い息を吐いた。異世界で初めて魔法を使ったのだ。ＭＰを失う経験も当然初めてである。

使用したＭＰは18。残りは1。

（体の中からごっそり何かが無くなったような感覚だ。これが大魔法の反動というやつか）

『最初にやったのが範囲指定ってやつ？』

「そうだ。対象範囲は店の少し外側までにしておいた。《清浄の霧》の効果範囲は相当広いな。わざわざ範囲を縮めたくらいだ」

呪文は店内で唱えた。現れた白い霧は様々な汚れを消し去るように霧散していき、店の壁を貫通して外壁まで届いた。魔法の範囲指定は建物を無視するようだ。

サナトがふらつく足に力を込めて外に出る。

店内と同じくレンガ造りの外壁も輝いている。新築の建物同様だ。年月による風化など微塵も感じさせない。

「ＭＰは一気に減ったが、時間と労力は省けたな。四人分の仕事を一瞬で終わらせたと思えば十分な成果だ。ＭＰはそのうち回復するしな」

『さすがマスター。魔法の効果も予想通りだったね』

「今考えれば、使ったあとで失敗だと気付いた場合は悲惨なことになっていたな……」

『結果オーライでいいじゃん。魔法は計画的に、って教訓を得たってことで』

「……《解析》持ちのルーティアが言うと、イマイチ納得いかないのだが」

『どうして？』

「いや、まあいいさ」

魔法がうまく機能したことにサナトは満足していた。

この魔法なら、使い方次第で高さのある建物も広い屋敷も覆える。そうなればサナトの活躍範囲は広がるだろう。

元々ダンジョンコア破壊ボーナスである《スキル最強化》が無ければ、汚れは手で落とすしかなかったのだ。最強になって無双することは望めないが、人の役に立ち、感謝されることは間違いない。

＊＊＊

「すげえじゃねえかっ！」

「きれー」

「すげー」

買い物から帰ってきたガンリットと子どもが目を丸くした。

横から見ると三人ともよく似ている。驚き方がそっくりだ。

「別の建物に入ったかと思ったぞ」

「喜んでもらえて何よりです。だいぶ汚れていたので丁寧に仕上げました」

「うわっ、お皿まできれい！」

「ほんとだ！　お母さんの下手な絵もきれい！」

サナトの顔が引きつった。口を開こうとして閉じた。

余計な一言は地雷を踏むことになる。それに、サナトの魔法で絵はきれいになってはいない。せいぜい額縁の汚れが落ちたくらいだ。

「いや、ほんとにすごいな。見栄っ張りなぼっちゃんかと思ったが、いい仕事をするじゃないか」

気にしている童顔のことに触れられて、気持ちがざわついたがぐっと呑み込む。この世界ではいわゆる彫りの深い顔が多く、サナトのような顔つきは珍しい。

初見ではかなり若く思われる。ちょっと下手に出るだけで軽くみられてしまうのだ。

そのため、人と話す時は堅苦しいしゃべり方を続けている。

「まさか、半日で終わらせてくれるとは。開店まで時間ができて大助かりだ。……よしっ」

ガンリットが背負っていた袋から小さ目の革袋を取り出した。数枚の硬貨が硬質な音を立てる。報酬だった。

「……少し多いのでは？」

「報酬は四人分出そう」

「いいんですか？」

「ああ。その代わり、またどこかで仕事を頼みたい。それと、報酬とは別に開店したら食べにきてくれ。少し安くしよう」

「……なるほど。それはこちらとしても、願ったり叶ったりです」

ガンリットは仕事ぶりを評価したのだろう。これからも付き合いを続けたいという高い評価だ。《浄化》のスキルの恩恵は非常に大きいと言える。

「店を始めたらお前さん……サナトだったな。また声をかけることがあると思う」

「承知しました。その時は紹介所に伝えておいてください」

仕事紹介所では名指しの依頼という求人も出せる。いわゆるお得意様扱いだ。

ガンリットは太い腕を突き出した。

顔には感謝がにじみ出ていた。彼にとっては店の再開に向けて、これ以上ないスタートになったのかもしれない。

「その時はよろしくな」

「ええ。こちらこそ。いつでも呼んでください。清掃なら特急で仕事をこなしますよ」

サナトは岩のようにごつごつした手を握り返す。顔に似合わず優しい父親なのだろう。

そう微笑んだ時だった。

――《解析》が完了しました。《複写》を行いますか？　ＹＥＳ　ｏｒ　ＮＯ？

「……えっ？」

「どうした？」

「え……いや、なんでもないです。では……俺はこれで」

サナトが握った手をぱっと放した。引きつった笑みで妙な空気になるが、それどころではない。

天の声にまた選択を迫られたのだ。ダンジョンコアの登録の時と同じ現象だ。

踵を返して、扉を勢いよく押し開けて逃げ出すように外に出る。

そして物陰に滑り込み、素早く自分のスキルに問いかけた。

「ルーティア、どういうことだ？」

『分からない……でも私の中の《複写》が機能したことは間違いない』

「ん？　《解析》とは別にそんな能力があるのか？　《複写》とは何を複写するんだ？　まさかステータスか？　複写して上書きされるのか？　それとも俺に足されるのか？」

――残り十秒です。《複写》を行いますか？　ＹＥＳ　ｏｒ　ＮＯ？

「頼む、教えてくれ」

『分からない……ほんとに分からないの』

「何かヒントはないのか？　二度とないチャンスかもしれないんだ」

『そんなこと言われても、私って生まれたばっかりで……』

――残り六秒です。《複写》を行いますか？　ＹＥＳ　ｏｒ　ＮＯ？

「せめて何を《複写》するのか分からないのか?」

『うん……』

「年齢とか持病とか性格とか変なものを複写することは無いのか?」

『……《解析》の結果……不明です』

「……ほんとうに《解析》したんだろうな?」

『ごめんなさい……』

——残り二秒です。《複写》を行いますか? YES or NO?

「仕方ない。YESだ」

『えぇっ!? いいの?』

「もしこれが当たりなら逃す訳にはいかない。それに……握手(あくしゅ)の時にたぶん条件が揃(そろ)ったんだ。それならガンリットの何かを《複写》できるに違いない。年齢以外ならどれでもおいしい」

『年齢だったら?』

「……二十年ほど歳(とし)をとる……ことになる」

——《複写》を行います。スキルを選択してください。

「やった! スキルの《複写》かっ! 最高だっ!」

『……ほんとだ。スキルの一覧が出てきた』

自動で表示された四角い半透明のウインドウに、ずらずらとスキルが表示される。

剣術：初級
盾術：初級
斧術：初級
火魔法：初級
力＋10
物理攻撃ダメージ＋1％

間違いないようだ。ランクは上級から初級へ下がっているが、ガンリットのスキルすべてだ。《神格眼》で覗いた結果がそのまま映し出されている。

（ステータス補正（ほせい）は最低値が＋10、ダメージ補正は＋1％ということか）

『これ、《複写》しちゃえるんだ……』

「《解析》の中にこんなすごい力が隠れていたとは……すごいじゃないか。さて、どれにするか……どうやら別ページの説明文も読めるみたいだな。宿に戻ってじっくり時間をかけて研究を――」

――残り十秒です。

「また時間制限付きか……」

サナトがうんざりした顔で言った。

『ほんとひどいよね。知らないスキルばっかりだったらどうするのって感じ』

「不親切極まりないな。何とかしてくれると助かるんだが」

――残り五秒です。

「確かに酷な話だが、まあいいか。《複写》できると分かったんだ。大きな進歩だ。差し当たり必要なスキルは――」

『……何を選ぶの？』

「もちろん――」

サナトは高鳴る鼓動を感じながら、一覧から《火魔法》を選択した。文字が白く反転し、ウインドウが溶けるように消えていく。

即座にステータスを確認した。

《ステータス》
ジョブ：村人
レベル8　人間
サナト　25歳

HP：57　MP：19
力：26　防御：26　素早さ：33　魔攻：15　魔防：15
《スキル》
浄化
火魔法：初級
《ユニークスキル》
神格眼
ダンジョンコア

サナトは喜色満面の笑みを見せる。確かに欲しかったスキルが表示されていた。

「よしっ、ルーティア、迷宮に行くぞ」

『えぇっ!?　冒険者はあきらめてコツコツ働くんじゃなかったの？』

「……そんなこと言ったか？」

『記録に残ってるけど……』

「……迷宮に行く」

『う、うん。がんばって、マスター』

拳を強く握ったサナトは迷宮の方向を睨みつけた。瞳の輝きが子供のようだった。

第六話　反則技

『すぐ行くかと思ったのに、どうして夜まで待つの？』

「ルーティアとしゃべっていると独り言ばかりだろ？　不審に思われるから人が少ない方がいい」

『あっ、なるほどー』

「人目が多い時は注意してくれ。俺もうっかり返事をしないように気をつけるが」

サナトは小声でつぶやくと乗り心地の悪い馬車から降りた。またも夜間便だ。

清掃の報酬で少しは余裕があるが、ＭＰ回復薬を多めに買いこんだため懐は寂しい。

《火魔法》の初級技――《ファイヤーボール》――は消費ＭＰ４。サナトのＭＰは19。時間による回復を考えなければ四発が限度だ。

回復薬はいくらあっても足りない。

（これを何本も連続で飲むのはしんどいが、背に腹は代えられないか）

『あっ、ウォーキングウッドだ』

「やはり、か」

（確か、前もこの辺りで一匹と出会った。シンボルエンカウントのようなものかもしれないな）

ウォーキングウッドの視野は狭い。すでに《神格眼》で得ている情報だ。

敵の視野に入らない位置で立ち止まった。

「炎よ、我が手に宿れ、《ファイヤーボール》」

薄暗い洞窟の中を、炎の塊が勢いよく飛んで行く。

サナトはじわじわとこみ上げる喜びのあまり、転げまわりそうになった。それほど自分が攻撃魔法を使う瞬間を夢見ていたのだ。

敵に着弾すると、一撃で瀕死に追い込んだ。

さすがに火が弱点と設定されているだけはある。頭上のＨＰバーがレッドゾーンに突入していた。

ウォーキングウッドの動きが遅くなり、よろめくような動作が見て取れる。

サナトは絶好の機会と判断して銅剣を抜刀して走り出した。

今回は死角から胴体へ水平切り。少しの擦過音と共に、あれだけ手こずったウォーキングウッドの体を見事に破壊した。

光の粉となって消えた後の木炭を、アイテムボックスに押し込む。

『やったね！　でも遠距離からもう一発《ファイヤーボール》の方が安全だったんじゃな

い？』

「そんなに連続で撃ったらすぐＭＰが尽きる。長く戦うために温存しておかないと」

『長く？』

「ああ。迷宮から出るぞ」

『え？　奥に進むんじゃないの？』

「いや、もう一度ウォーキングウッドを倒す」

サナトはそう言うとそそくさと外に出た。

単独行動をする格上の敵と弱点魔法を駆使して連戦する。経験値稼ぎの基礎だ。

＊＊＊

ちらりとステータス画面を確認した。表示されている残りＭＰは3。

アイテムボックスからＭＰ回復薬を取り出して飲んだ。苦くて顔をしかめたが、瞬時に疲労感は消えた。体の動きを確認するように何度か剣の素振りをする。

「何匹目だ？」

『さっきので二十四匹目だけど、これって意味あるの？』

ウォーキングウッドばかりを狩り続けて迷宮の入り口を往復。ルーティアが疑問の声をあげた。

「テストとして意味はある。これだけ格上のモンスターと戦ってレベルが上がらないということは……本当に経験値は吸い取られてると思って間違いなさそうだな」

『……ごめんね』

「もうそれはいい。だが、経験値はすべてルーティアが受け取っているはず。何か変わりはないのか？」

『……え？』

「俺の代わりにルーティアが成長してるのかと思ったんだが、違うか？」

『どうだろ？』

「ルーティアにレベルは無いらしいが《解析》の能力は必ず成長するはずだろ。そうでなければ俺は何をしても全く成長しないことになる。一度しっかりと戦闘中に《解析》してくれ」

『う、うん』

サナトは再び迷宮に足を踏み入れた。

「そういえばダンジョンコアを失った迷宮はどうなるのか知ってるか？」

『ゆっくりと力を失って、最後はただの洞窟になるよ。でも人間の人生からすればすごく時間がかかるから、なかなか気づかないと思う』

「ただの洞窟になるとは?」

『迷宮が魔石の生成をやめちゃうの』

「すぐにはやめないのか?」

『深い迷宮ほど魔力の蓄(たくわ)えがあるから大丈夫』

「そうか。なら魔石の夢はまだ追えそうだな」

(魔石の塊を見つければ大金が稼げる。もしも機会があれば迷宮の深部(しんぶ)に入ってみたいものだ)

「ん? ウォーキングウッドがいない……」

『ほんとだ。いっつもそこの角から出てきてたもんね』

「さて、どうするか」

『進もうよ。もうウォーキングウッドが何匹出てきても大丈夫でしょ?』

「あまり迷宮を甘く見るのは危険なんだが……まあいいか。《神格眼》もあるし、様子を見る程度なら問題ないだろ」

サナトは前進することを決めた。

休憩を挟む目的でアイテムボックスを開ける。あふれたアイテムが転がり落ちた。

無理矢理詰(つ)め込んでいたものが落ちたのだ。ボックスの収納量には限りがある。金が溜(た)まったら大きなものに買い替えようと心に決めた。手を突っ込み、底にあった水筒をあおって水を飲む。

「いくぞ」

水筒を戻し、銅剣を抜き、重心をやや親指にかけた状態で歩を進める。細くなってきた通路には、どこから聞こえるのか分からない不気味な音が響いている。

「ん？　行き止まりか……」

数分歩いただろうか。目を凝らして奥を見た。光苔が壁面にびっしりと貼りつき、行き止まりであることを教えてくれた。

サナトは緊張を解き、息を吐いた。来た道を戻ろうとUターンする。

『マスター！』

「……大丈夫だ。分かっている」

姿は見えないが、何かが近づいてくる気配がする。

乾いた足音が細い通路の奥から断続的に聞こえた。サナトはごくりと唾を飲み《神格眼》で敵を捉えた。

ワンダースケルトン（レア）

レベル13　アンデッド

《ステータス》

HP：72　MP：62
力：29　防御：38　素早さ：56　魔攻：52　魔防：50
弱点：火、光、殴打（おうだ）
耐性：毒、斬撃（ざんげき）
《スキル》
毒液
素早さ－（マイナス）20

「強い……」

こめかみに一筋（ひとすじ）の汗が流れた。と同時に、敵の視野を示す扇形の色がオレンジに変化した。

ワンダースケルトンが不気味なうなり声を上げてのろのろと近づいてくる。

「この階層のレアモンスターか。どうするか」

こんな時に出会わなくとも、と冷（ひ）や汗を流した。

『マスター、攻撃が来るよ！』

「分かってる！」

先制攻撃は敵だった。敵から細い紫色の矢印が一気に伸びた。間髪を容れずに飛来する毒々しい色の液体の塊を、壁に貼りついてかわす。

間一髪だ。おそらく毒液の塊。

サナトは毒消しを持っていない。

今のは敵のスキルによる攻撃だろう。当たれば間違いなくピンチに陥る。

「逃げ道が無い以上選択肢はないな。炎よ、我が手に宿れ！《ファイヤーボール》」

お返しとばかりに火炎の塊が動きの鈍い骸骨に命中する。あっさりと命中したことに気を良くしたサナトだったが、すぐに思い違いに気付いた。

「ほとんど、効いていない……」

頭上に浮かぶＨＰバーはわずかしか減っていない。もしも《ファイヤーボール》で殺すとなると十発以上は必要だろう。だが、敵は今もじりじりと近づいてくる。

そうなれば力比べだ。ステータスに差がある敵との接近戦は絶望的だ。おまけに敵は斬撃耐性まで持っている。銅剣の攻撃は効果が薄い。

『ねえ、マスター、マスターったら！』

「今、戦略を考えている。ちょっと黙っててくれ」

慌てているルーティアに告げて、《浄化》のスキルに素早く目を通す。

このスキルはアンデッドに有効な魔法があったはずだ。記憶を頼りに、ページをスクロールした。

「違う。まだここは日常用だ。この辺りか……いや、ＭＰが足りない魔法など意味が無い」

ぶつぶつと独り言をつぶやきながら、バックステップでワンダースケルトンと距離を取る。

だが、先は行き止まりだ。光苔が一層集まったエリアにほどなく到達してしまう。

「これだ！」

『マスター！』

「光よ、清浄にして白き輝きよ、闇に潜み(ひそ)し魔に鉄鎚(てっつい)を、《光輝の鎚(つち)》！」

目もくらむ光が周囲に生まれ、瞬く間にハンマーを象(かたど)ってワンダースケルトンに振り下ろされた。《光輝の鎚》が寸分違(すんぶんたが)わず敵の頭部を殴打する。

破砕音(はさいおん)とともに、ワンダースケルトンが大きく後方にのけぞり、膝を突く。

弱点属性の光と殴打を兼(か)ね備(そな)えた魔法。初級の火魔法より遥かに効果があったようだ。

だが、

「はぁっ、はぁっ……」

魔法を放ったサナトも、荒い息を吐いて膝を突いた。

消費MPは14。さっきの《ファイヤーボール》と合わせて残り1だ。

「これでようやく半分。魔攻のステータスが低いと威力(いりょく)も上がらないのか」

歯がみをするサナトの目は敵のHPバーに釘付(くぎづ)けだ。有効な魔法ですら致命的(ちめいてき)なダメージを与えたとは言いづらい。

敵の動きが一旦止まった。チャンスは今しかない。

もう一発放てば、倒すか瀕死の状態に追い込むかはできるはず。

そう考えて、サナトはアイテムボックスから最後の一本であるＭＰ回復薬を取り出そうとする。

「……ない？」

あるはずの瓶がそこに無かった。慌てて小さな箱の中を覗き込んだ。

しかし、そこにあったのは大量の木炭と食糧とわずかな金だ。

「まさか……さっき落としたのか？」

声が虚しく響いた。心臓が早鐘のように鳴り響く。これから起こりうる最悪の想像が思考を混乱させ始めた。

『むぅ、マスター！　いい加減に聞いてっ！』

ルーティアの呼びかけで、サナトははっと我に返った。

『さっきからずっと呼んでるのに』

「すまん……だが――」

『分かってるよ。まずい状況なんでしょ。だからこそ聞いて。マスター……私ね、魔法のページがもう一ページ増えてるのに気付いたの』

「もう一ページ？」

『うん。これを見て。《ファイヤーボール》のページなんだけど……』

サナトは立ち上がりかけている敵を一瞥し、ルーティアが表示した部分を覗き込んだ。

「なんだこれは？」

目を見開いた。小さなウインドウタイトルは『設定状況』となっている。さらに、魔法の説明というにはあまりに異質な内容が、ずらずらと並んでいたのだ。

ファイヤーボール
《源泉》　？？？
《属性・形状・攻撃力》　火・球体・20
《必要MP》　4
《範囲》　単体
《呪文》　炎よ　我が手に宿れ
《生成速度》　8
《その他》　10％火傷

「見えない項目もあるが、まるで《ファイヤーボール》の設定そのものだ……」

『でしょ？　大発見だよ』

ルーティアは得意げに声を上げる。

「確かに大発見だ。しかし裏設定が見られるようになっただけじゃないのか？　火傷の追加効果があると分かるのはありがたいが、今は役に立たないぞ」

『そんなに肩を落とさないで。ここで私の《解析》が役立つんだって。マスターに伝えたかったのはそれなの』

「《解析》が役立つだと？」

『うん。良く見ててね。《解析》開始』

声が途端に途切れた。

サナトは再びワンダースケルトンに意識を向ける。静まり返った通路をずるりずるりと近付いてくるのが音で分かる。

『お待たせっ！　もう一度見て。すごいことになったよ』

「――――っ⁉」

ファイヤーボール

《源泉》　？？？

《属性・形状・攻撃力》　火・球体・５００

《必要ＭＰ》　１

《範囲》　単体
《呪文》　炎よ　我が手に宿れ
《生成速度》　8
《その他》　10％火傷

攻撃力がとんでもない数値に跳（は）ねあがった。まさかの二十五倍だ。必要MPも4から1に減少している。

サナトは開いた口が塞（ふさ）がらなかった。見間違いかと何度も目をこすった。だがウインドウの表示は変わらない。

混乱するサナトに、恒例（こうれい）となってきた天の声が鳴り響く。

――スキルが一部更新されました。上書きしますか？　YES　or　NO？

『ほらほらっ、上書きしちゃって！』

心底楽しそうなルーティアに誘われ、サナトは機械的に口に出す。

「YES」

――上書きに成功しました。

『やった！　《解析》の力ってすごいでしょ？　だから優秀だよって言ったのに』

「……ありえない。これは《解析》じゃなくて改造だ」

サナトは呆然とウインドウを見つめ続けた。ルーティアの弾む声が頭に響いた。

第七話　豪炎（ごうえん）の支配者

「と、とにかく、《解析》で《ファイヤーボール》がおかしくなったってことだが、使えるのか？」

サナトは恐ろしかった。目の前で起こった現象もそうだが、魔法の設定を上書きなどして大丈夫なのかと不安だった。ゲームならシステムエラーが起こってもおかしくない。

特に威力はまずい。単純計算で元の魔法の二十五発分。ゲームバランスを破壊してしまうことになる。

「大丈夫だろうか？」

『心配なのは分かるけど、お怒りの骨が来たよ』

「仕方ない……では、行くぞ。炎よ、我が手に宿れ、《ファイヤーボール》」

敵に向けた手から見慣れた火の玉が飛んで行く。薄緑色に光る通路を赤い光が走った。

変わったところはなかった。大きな火の塊になると考えていたサナトは肩すかしをくらう。

一瞬、失笑が漏れた。期待して損をした、と。

だが、HPバーは瞬時に左へ振り切った。敵はあっさりと上半身を吹き飛ばされ、光の粉へ姿を変えた。威力だけが桁外れだったのだ。

立ち尽くすサナトはドロップアイテムを見つめた。

「あれだけ効かなかった《ファイヤーボール》が……」

慌ててMPを確認した。残りは0だ。体は鉛のように重かった。

しかし、魔法は放てた。MPが足りないとも言われていない。導き出される結論はただ一つ。本当に消費MPが1に変化したのだ。

じわじわと未知の感覚が襲ってきた。それは狂喜。嬉しくて嬉しくてたまらないのだ。憧れの攻撃魔法を使えるようになり、さらには一撃必殺の威力すら手にした。

「いいやぁあっったぁあぁ!!」

歓喜の声が木霊した。重い体もなんのその。サナトはその場で何度も何度も飛び跳ねる。

『ちょ、ちょっとマスター!? 体は大丈夫なの?』

目じりに涙を浮かべたサナトが動きを止めた。

「いや、倒れそうだ。だが……もう死んでもいい」

『ええっ!? 大げさだよ……せっかく攻撃魔法が使えるようになったんだし』

「ルーティアの言う通りだな。おかげで何とか危機は乗り越えた。ありがとう」

『どういたしまして』

「さあ、気持ちが切れないうちに迷宮を出るぞ。本当に倒れそうだ」

サナトはドロップアイテムの爪と黒い石を拾ってメイン通路に向かう。途中にＭＰ回復薬が落ちていた。やはり落としていたらしい。すぐに飲み干した。

「ふぅ、生き返った」

メイン通路に戻ったサナトは、二度ウォーキングウッドに出会った。レアでも何でもない普通の敵だった。

もう迷わなかった。その都度呪文を唱えて《ファイヤーボール》を放った。

「……結果は変わらず、か」

敵に露ほどの抵抗も許さない。燃えやすい枯れ木はあっさりと一撃で死んだ。追撃は不要だった。

ＭＰも２しか減っていない。スキルの上書きは間違いなく成功していた。

サナトはにやにやと表情を緩ませて、ステータスを確認した。

サナト　25歳
レベル８　人間
ジョブ：村人

《ステータス》
HP：57　MP：19
力：26　防御：26　素早さ：33　魔攻：15　魔防：15
《スキル》
浄化
火魔法：初級（改）
《ユニークスキル》
神格眼
ダンジョンコア

（ん？　《火魔法》に『（改）』という文字が追加されている。《ファイヤーボール》を上書きしたからか？　文字の色もここだけ緑だ……）

迷宮を抜けて夜の世界に戻ってきた。不気味に感じた、流れ出てくる空気を何とも思わなくなっている。

『マスター、これからどうするの？　他の魔法も《解析》してみる？』

「それも試したいが、威力が高い魔法ばかりあっても仕方ない。それに、ルーティアの《解析》はまだできないことが多いのだろう？」

『すごい。よく分かるね』

「今までのパターンだと、敵を倒す度に《解析》がレベルアップすると思って間違いない。さっきの魔法の設定には、まだ見えない部分があった。数値を上書きできるのも限られた場所だけ……違うか？」

『当たり。消費MPだって本当は0に変えたかったし、威力ももっと上げたかった』

「でもできなかった」

『うん。今の私にはあれが限界みたい』

「なるほど……なら先に《複写》を自在に使いこなせるようにした方がいいな」

『《複写》を？』

「ああ……」

サナトは腕組みをして考える。

（強さに直結する《解析》のレベルは早急に上げるべきだが、その前に《複写》の条件を知りたいな。今の俺は強力な《火魔法》を連発できるだけ。火が効かない敵もいる。もっと応用力が欲しい。そのためには片っ端から《複写》するのが早いんだが……）

空を見上げたサナトは、瞬く星を眺めて言った。

「《複写》を使える回数に上限があるかは分からないか？」

『うん』

「そうか……上限があったら最悪だな。例えば《複写》は十回までしかできない、とかな」

『無駄に《複写》を試せないってこと？』

「むやみやたらに使用してゴミスキルを集めたあげくに、打ち止めになったら目も当てられない。となると……」

『いいスキルを持っている人を探す、だね？』

「《神格眼》を使ってな。だが、そもそも《複写》できる場合の条件が分からない。一つだけ確かなのは、握手をした瞬間に条件が揃ったのは間違いないってことだ」

『ガンリットと握手したもんね』

「そうだ。握手が鍵なのか、接触だけでいいのか。感謝される……という感情が鍵とは考えにくいしな。勇んで迷宮に来てしまったが、よく考えればガンリットのところでもう一度試すべきだった」

『試すってなにを？』

「同じ人間に二度目の《複写》が使用できるかどうかだ。ガンリットとの間には条件が満たされているはず。それならもう一度握手すれば答えが出る」

『なるほどー』

＊＊＊

サナトは大きなあくびをしながら、朝一番に迷宮の入口にやってきた馬車に乗り込んだ。

早朝から迷宮に挑もうとする、大勢の冒険者パーティとすれ違う。中には少年と言えるほどの年齢の冒険者もいる。

たった一人、入れ替わりで街に戻るサナトに奇異の目が向けられたが、彼はもう気にしない。

低レベルゆえの卑屈さは昨晩に脱した。

一人で冒険をこなすのは無理だ。睡眠時間の問題が特に大きいからだ。いくら強くとも、モンスターの領域で丸一日戦い続けることは難しい。

サナトは、抱えた膝に頭を預け、薄れゆく意識の中でパーティの重要さを思い知った。


街に着き、馬車からひらりと飛び降りた。体は凝り固まっていたが、頭は冴えていた。大きな希望は人間に活力を与えてくれる。

サナトは冒険者ギルドに寄って、ドロップアイテムをカウンターに二つ並べた。

目をまん丸にした受付が、黒い石――《神格眼》では黒魔石――を何度もひっくり返してはルーペのようなもので見つめている。

「こいつは小さいが魔石だ。兄ちゃん、運がいいな」

表情を緩めるギルド員。頭髪は薄く、歯が何本も抜けてすかすかだった。

カウンターに大量の硬貨が載せられた。金貨も何枚もあった。サナトはそれをゆっくりと受け取りアイテムボックスに放り込む。

魔石の価値に大いに感謝した。

もう一つは、毒の爪だと教えられた。武器に毒攻撃を付与することができるから持っておいた方が良いらしい。使い道が少なく、売っても安いとのこと。

《神格眼》は、名前は見えても使い道までは分からない。サナトはアイテムボックスに戻した。

続いて、得た金で最も容量の大きなアイテムボックスに買い替えた。そろそろ容量が厳しくなったと感じていたのだ。

「こんなところか。では行くか」

通りには人が溢れ、にぎやかな声が飛び交っている。サナトはその中を縫って静かに目的地に向かう。瞳には異様な緊張感が滲んでいた。

＊＊＊

サナトはがっくりと肩を落とし、ため息をついた。

「薄々そうじゃないかとは思っていたが、同じ人間にもう一度《複写》は使えないのか」

『みたいだねー』

サナトは例の食堂に着くや否や、ガンリットのことを褒めちぎった。

酒場でガンリットの噂を聞いて、剣術に長けた戦士であり、斧と盾を器用に使いこなす一級の冒険者だと知ったと称賛した。「是非、憧れの冒険者ともう一度握手を」と手を差し出した。

ガンリットは面倒くさそうに応じてくれたのだが、天の声に何の反応も無かったために「《複写》」と心の中で叫んだところ、『対象者のスキルは《複写》済みです』という答えが返ってきたのだ。

「まあ、予想の範囲内だ。可能なら《剣術》も欲しかったがな」

『これからどうするの？』

「《複写》の条件を探る」

『どうやって？』

「それは……」

サナトが難しい顔をして天を仰いだ。口元に片手を当てていう。

「俺は接触で《複写》が機能するか否かを調べるために仕方なく行くんだ」

『どこへ？』

「……キャバクラだ」

『へ？』

第八話　目的はスキル探し

キャバクラという言葉はこの世界には無い。しかし、性風俗やそれに準じる店、女性が客の席で接待を行う店はどんな社会にも産業として存在する。

『ふーん。キャバクラって要は、女の人が高いお酒を注いでくれる店ってことなんだ』

「まあ……平たく言えばそうです」

サナトは気まずくて小さい声になってしまう。ルーティアの声が少女のものだからだろうか。

教育上良くないのでは、とどうでもいい考えが浮かんだ。だが、ルーティアは何か思う様子は無い。

『ちょっと高い酒場ってことでしょ？』

「似たようなものです」

『どうしてさっきから言葉遣いがおかしいの？』

「──げっ⁉」

サナトが体を強張らせた。自分では気づいていなかった。

「そ、そんなことはない……ちょっと考え事をしていたんだ」

『そう？　なんか声もおかしいけど。触って《複写》が使えるか確認するんだよね？　ギルドや酒場で握手すればいいんじゃないの？』

「まあそうなんだが……キャバクラは接触しやすい場所なんだ。ギルドで握手ばかり求めると怪しまれる」

『あっ、そうなの？　触りやすい場所なんだ。それは知らなかったなあ』

「いや……俺も……説明しなかったしな。ははは……」

サナトは首を縦に振る。これ以上ない名案だと自画自賛した。

大通りから少し逸れ、商店街を抜けた先に目的の店がある。サナトが清掃係をしていたころ、同僚の女性の彼氏が通い詰めて、破産しかけたという話を耳にしたことがあった。

大金を得た今なら堂々と入店できると考えたのだ。

（俺があそこに行けるようになるとはな。いや……違うぞ、もちろん目的は《複写》の検証だ）

もはや、無数に存在する他の接触方法が頭に浮かぶことはなかった。

＊＊＊

サナトはシックな木製の扉の前に立った。頭上の看板にはよく分からない酒の瓶が描かれている。

日はとっぷり落ちてきた。

入口を照らす二つのランタンが店の開店を示していた。

意を決して扉を引いて中に歩を進める。香水のような甘い香りがほのかに漂っていた。

「いらっしゃいませ。お一人様ですか?」

頭を下げた女性の視線が、一瞬で上から下まで通りすぎた。サナトは気付かれないように胸を撫で下ろす。

(やはり、服を新調してきて良かったな)

このために、まったく縁の無かった高級店で服を一式揃えてきたのだ。迷宮に行く前よりも入念な事前準備であった。

「一人だ。案内してくれ」

「では、こちらに」

体のラインを出す派手なドレスを着た女性が、サナトの目の前をゆっくりと歩く。胸元が大きく開いた扇情的なものだ。背中もV字に深くスリットが入っている。

(色々すごいが……スキルもレベルも大したことはないな)

《神格眼》で覗いた結果は芳しくなかった。

まだ盛り上がる時間には早いのか、客もまばらな店内の一番奥の席に案内されそうになったところでサナトが声をかける。

「悪いが、この辺りでも構わないか？」

そこは店の隅々まで眺めることが可能な位置。客や店員の観察にはうってつけの場所である。

女性は戸惑う様子を見せつつも、サナトの提案を了承した。

「ご注文は何になさいますか？」

「おすすめをもらおうか」

「承知いたしました」

女性がにこりと微笑み、離れていく。

「思っていた以上に人が少ないな。まあちびちび飲むか」

『店内に三人だもんね』

「ああ……」

ぐるりと店内を見回す。さっきの女性の他には同じような格好の女性が一人、そして男性店員がもう一人。

（あの男はすごいな。レベル34だ。なんでこんな店で働いているんだ。用心棒か？）

ステータスは高く、通常スキルも《短剣術》と《体術》が両方上級の強者だった。こわもてで、服装だけが綺麗に整っているという違和感があった。

迂闊に接触すれば厄介事になるかもしれないと警戒を強める。

「こちらが当店の自慢の一品です」

「ありがとう」

サナトの前に、薄く黄色がかった液体の注がれたグラスが置かれた。強いアルコール臭が鼻に付く。あまり得意でない匂いだ。

（上品そうに見えるのは見かけだけかもしれないな）

酒に弱いサナトは早々に来たことを後悔し、一度だけグラスに口を付けた。予想通りの味に顔をしかめた。

二十分ほど経っただろうか。

なぜか店員の女性が一気に増えた。続けて客の入りが良くなった。お気に入りの女性を自分の近くに侍らせて飲む、常連客のような態度の人間もいる。身分が高そうな者も多い。

サナトも、とうとう目的の人物を発見した。手近な店員を捕まえて、女性を呼んでもらう。

「お待たせいたしました。シーラと申します。お呼びでしょうか」

「ああ、私はサナトと言います。良かったら座ってくれませんか？」

「喜んで」

鼻筋のとおった美しい顔立ちにみずみずしいピンク色の唇。そして薄水色の髪。営業スマイルと理解はしていても魅力的な笑顔に惹(ひ)かれそうになる。

袖(そで)のあるドレスから覗く二の腕は細く引き締(し)まり、出るところはしっかりと主張している。

決して夜の仕事だけでこうなれるとは思えなかった。

サナトは目的を改めて思い出し、女性のステータスをじっくりと確認する。

シーラ　19歳
レベル21　人間
ジョブ：村人
《ステータス》
HP：117　MP：42
力：55　防御：56　素早さ：75　魔攻：30　魔防：28
《スキル》
剣術：中級
水魔法：初級
織物：初級

（《織物》とは珍しい。だがそれよりも注目はレベルだな。冒険者には見えないが、こんな細腕でも俺のステータスを超えている……殴り合いだったら負けるのか。いや、今はそんなことを考えてる場合じゃないな）

サナトは気持ちを切り替えてシーラに話しかけた。最初は他愛無い話を。

相手も商売だ。何度も頷いてサナトの話に耳を傾けている。頼んだ酒をもう一つ注文し、シーラにも勧める。

そして酔いが少し回る頃合いを見計らって本題を切り出す。

「それにしてもシーラさんは手がお綺麗ですね。私はしがない冒険者ですのでこの通りで。生まれた時からずっと剣の素振りをしているのですが、全然レベルが上がらないのですよ」

サナトは苦笑いしながら自分の手を広げて剣ダコを見せた。シーラは大仰に驚きながらじっとその手を数秒見つめると「私も実は……」と言いながら手を返す。

甲には何のくすみも無かったが、手の平には似たような跡がわずかに残っていた。

シーラが恥ずかしそうにうつむいた。

「これは？　剣ですか？」

「はい……今はこの仕事をしていますけど、これでも小さい頃は父親に厳しく教えられました。戦う術を身に付けて戦士になれっていつも怒られて。ですから子供のころはひたすら剣を振る毎日でした」

「それでこんな跡が残って……」

「結局才能が無くて諦めちゃったんです。あっ、ごめんなさい。今もがんばっておられる方に……こんな話楽しくなかったですね」

「いえ、決してそんな……ですが、少しだけ手に触れてもよろしいですか？　これからの冒険者生活にシーラさんの今までの努力を少しでも分けていただこうかと。もちろん嫌なら……」

「そんな……それくらいなら……どうぞ」

おずおずと差し出された華奢な右手を、サナトはしっかりと己の手を絡ませて迎え入れた。

指先で触れる程度だと考えていただろう。シーラは若干緊張した素振りを見せたが、真剣な瞳のサナトにされるがままになっている。

もちろん、彼は本当に下心など持ち合わせていない。

（一度目の握手だ）

心中でそうつぶやいたサナトはそのまま数秒待ったが、期待した結果は得られない。

ならば、と「《複写》開始」とシーラに聞こえないほどの小声で囁く。が、こちらにも

サナトは深く頷き手を離す。幾分シーラの手が温かくなっていた。

「ありがとうございます。できれば、左手の努力もいただきたいのですが……」

しれっとそんな台詞を語るサナトの目が、まっすぐ彼女を射貫く。シーラは少し照れたような様子を見せて、「どうぞ」と素直に差し出す。二度目になると抵抗が無くなったように見えた。

再びサナトの指先がその手に優しく触れ――

――《解析》が完了しました。《複写》を行いますか？　YES or NO?

（これか！　握手かどうかは関係ないのか。二度の接触が条件か）

サナトが顔を俯かせてにやりと笑った。

「YES」

「え？　何かおっしゃいましたか？」

「……いえ。さわり心地の良い優しい手だなあと思って……おっと、口が滑りました。これは大変失礼いたしました」

「そんな……でも本当に真剣で……少しびっくりしました」

頬をうっすらと染めたシーラがゆっくりと手を引っ込める。

サナトはそんな彼女に微笑みながら、ウインドウに表示されたスキルを眺めた。

反応は無い。

――《複写》を行います。スキルを選択してください。

（《水魔法》だ）

サナトは悩んだ。

《剣術》も、ステータスを補う《魔防＋10》も欲しい。

だが、彼は魔法を選択した。

《火魔法》を無効にできる敵に出会ったとしても、正反対の《水魔法》は効くだろうと考えたのだ。彼の知識では火と水を両方無効にできる敵は少ない。

「よしっ」

サナト　25歳
レベル8　人間
ジョブ：村人
《ステータス》
HP：57　MP：19
力：26　防御：26　素早さ：33　魔攻：15　魔防：15
《スキル》
浄化

火魔法：初級（改）
水魔法：初級
《ユニークスキル》
神格眼
ダンジョンコア

サナトは更新された己のステータス画面を見て、拳を握りしめた。

「……サナトさんは強くなれずに諦めようと考えたことはなかったのですか？」

シーラは居住まいを正し、憂いを帯びた瞳で問いかけた。サナトが微笑を浮かべる。

「もちろん毎日諦めましたよ。けれど、次の日にはまた剣を振っていました」

「どうしてそこまで……」

「諦めが悪い人間だからでしょうか。案外、自分は強くなれないと認めるのが怖かったのかもしれません。私にはこれ以外の道が考えられなかったので」

サナトは正直な気持ちを吐き出した。

シーラが小さく息を呑む。「そうなんですね」とつぶやきながら、何かを思い出すように目を細めた。

微妙な空気が流れた、ちょうどその時だった。

アップテンポの曲が店内に流れ出した。釣られるように大勢の客が歓声をあげた。

「あっ、もうこんな時間っ、私も行かないと……サナトさん、またいらしてください。次は指名してくださいね」

シーラが慌てて席を立ち、少し微笑みながらサナトに頭を下げた。

どうやら店の出し物が始まるらしい。

(なるほど。ほとんどの客はこれが目当てか)

口笛を吹いたり下品な歓声をあげたりする客を、サナトは良い機会だと考えて一人一人入念に観察した。もしもレアスキル持ちならば、何でもいいから理由をつけて近付くつもりだった。

だが、彼女以外はわざわざ《複写》を使いたいスキルは見つからない。今でなくとも手に入りそうなものばかりだ。

(純粋にショーを楽しんで帰るか)

店に入ってから初めてソファに深く体を預けた。と、その時だ。サナトは言葉を失った。

薄い服、露出度の高い服、人によっては下着に近い服。

そんな女性達が、店内の奥に設置されたステージに次々と上がり、踊りはじめる。男達の歓声が一層大きくなり、店内の温度が上がる。

サナトも気づけば身を乗り出していた。だが、ステージを見ているわけではない。

彼が見ているのは階段の側(そば)に直立している少女だ。

踊り終えた同僚に渡すのだろうか。タオルのようなものを何枚も手に重(かさ)ねて、ステージを冷静に見つめている。

(……これは欲しい)

サナトは《神格眼》で見えるスキルの一つに目を奪われていた。

無意識に、きつい酒を一気に呷(あお)った。

第九話　スキルもお前も欲しい

少女はユニークスキルを持っていた。だが、ステータスカードに映らないそれには、自分でも気づいていないかもしれない。

スキルのせいかMPバーが灰色、つまり0の状態だ。

そんな状態の彼女が倒れたりしていないことに驚きつつ、目を細めた。

リリス　14歳
レベル12　魔人

ジョブ：奴隷
《ステータス》
HP：93　MP：39
力：60　防御：42　素早さ：29　魔攻：49　魔防：48
《スキル》
斧術：初級
火魔法：初級
《ユニークスキル》
魔力欠乏
悪魔の閃き
悪魔の狂気

（魔人……噂に聞く悪魔と人間のハーフか。ユニークスキルにも悪魔が何かかんでいるのか。ステータスも、このレベルにしては高すぎる。前衛に欲しいな。だが今のジョブは「奴隷」……さて、どうするか）

奴隷に堕とされた人間がいることは、よく知っている。底辺の世界に住めば、嫌でも毎日目にするからだ。恵まれた待遇でないことも、他人の奴隷に勝手に触れることが重罪なのも知っている。

しかし、生まれた時から「奴隷」をジョブに持つ人間はいない。そもそも「奴隷」はジョブではなく状態の一つだ。リリスはレベルから察するに、恵まれたジョブのはずなのだ。

サナトはもう一度じっくりと彼女を見つめる。

神秘的（しんぴてき）な雰囲気だ。薄い紫がかった下ろした長髪にあどけない横顔。まだ少女から大人への成長過程にある未成熟な体つき。

けれど、とても美しい。原石のような輝きは見る者が見ればすぐに気付くだろう。将来、多くの男を虜（とりこ）にするに違いない。

体に貼りつく肩の出た真っ白なワンピース姿はステージの女性達と対比しても遜色（そんしょく）ない。それどころか勝（まさ）るかもしれない。

（吸い込まれそうだな。だが……まずはスキル優先だ）

力を少し身に付けただけで欲深くなるものだ、とサナトは苦笑いしつつも、ショーが続く間はずっとリリスを見つめていた。

（よし、動くか）

ダンスを終えたすべての女性が階段を降りていく。リリスが一人一人にタオルを渡し、数人の女性が彼女の頭を軽く撫でて、控室（ひかえしつ）のような部屋に流れていく。

サナトは頃合いを見てソファから腰を上げた。再び酒を楽しみ始めた客の席の間を縫って、無言で近付いていく。

リリスはステージの上で後片付けをしているところだ。床に落ちた汗を拭きとっている。

サナトが階段に足をかけると――

「おっと、お客さんは立ち入り禁止だぜ」

背後から男性店員に肩を止められた。

ザイトラン　41歳
レベル34　人間
ジョブ：盗賊(とうぞく)
《ステータス》
HP：190　MP：49
力：111　防御：89　素早さ：152　魔攻：25　魔防：44
《スキル》
体術：上級
短剣術：上級
追跡術：中級
探索術(たんさく)：中級

捕縛術：中級
隠形
防御＋10

（素早さと力がずば抜けている。そして《隠形》に《捕縛術》。盗賊というより人さらいだな。だが、こいつのことはどうでもいい）

サナトは内心でせせら笑う。ゆっくりと体を向けた。

「あの子と話をさせてほしい」

単刀直入な言葉に、階段を降りようとしていたリリスの視線がサナトに向いた。ザイトランが嫌な笑みを浮かべる。

「それは良くない話だ。あいつは俺の持ち物だぜ。触れるのは重罪だ」

「話をするだけだ」

「男の『話をするだけ』ほどあてにならない言葉はないな。俺の物である以上は許可なく近付くことも会話も許さん」

「そうなのか？　ならば言い値で買い取ろう。どうせ奴隷だろ？」

「くくくっ。話が早くて助かるねー。冒険者か？」

「……俺のことはどうでもいい」

「確かに。大事なのはこれだからな」

男が下卑た表情で、金を意味する輪を指で作る。サナトは反論せず頷いた。

＊＊＊

『ねえ、マスター……大丈夫なの？』

「心配するな、と言いたいところだが、荒事になると少々分が悪い。仲間もいるだろう。俺の魔法は単体にしか放てない。囲まれると厄介なことになる。だが、金で話がつくなら大したことはない」

小さな声で話すルーティアとサナトはザイトランの後に続く。着替え終えた同僚達が、何事かと様子をうかがっている。

「まあ入れよ」

店の奥まった場所の扉が開けられ、ザイトランが先に入る。中にはもう一人男がいた。筋骨隆々のいかにも用心棒といった見かけだ。

サナトが何食わぬ顔で後に続く。

「何か飲むか？」

丸テーブルを挟んで向かい合ったザイトラン。そして右斜め後ろに立った男。名前はガーズ。レベル41の猛者だ。

「せっかくだが遠慮しておこう。大きな買い物の前に酔うと冷静な判断ができなくなりそうだ」

「くくく。面白いやつだな。名前は？」

「サナトだ」

「サナト……ね。冒険者でそんな名前を聞いたことはないが……まあいい。早速商談といこうか。奴隷の売買は初めてか？」

「ああ」

「そうか。手続きは簡単だ。公正証人、つまり国の憲兵の前で奴隷のステータスカードの裏面に順番に名前を書くだけだ」

「なるほど……」

「俺が書いて奴隷契約を解除したのちに、お前が書き、最後に奴隷本人が承認の意味で自分の名前を書く。ただそれだけの話だ」

「それを役人が見届けると」

「そういうことだ。簡単だろ？　まあ当然タダってわけじゃないがな」

「……了解した。条件は？」

ザイトランが、後ろの男が差し出した紙にさらさらと数字を書く。そしてサナトに向けて人差し指で弾くように飛ばす。

「……170万ナール。少女一人だぞ？　いくらなんでも高いのではないか？」

顔をしかめたサナトに男が大仰に肩をすくめてみせた。

「おいおい、相場より安いくらいだぜ。あの女は上玉だ。お前もなかなかの目利きになれそうだが、値段についちゃ素人だな」

「だが……」

うつむくサナトにザイトランが笑みを深め、ガーズに指図をする。

誰かを連れてこさせたようだ。サナトは振り返り、息を呑む。そこには薄い紫色の髪の少女が立ち尽くしていた。

「こいつはリリスという名の魔人だ。だが人間となんら変わらない。健康そのもの。冒険の供に、ベッドの供に、使い道は多いだろう。リリス、この男がお前を買いたいそうだ。どうだ？」

透き通った憂いのある紫色の瞳がサナトを見つめる。

わずかな沈黙を経て、薄い唇を小さく開けた。

「大事にしてくださるなら……」

「――っ」

視線を斜め下にそらし、消え入りそうな声で一言つぶやいた。

サナトは目を見開く。そして意を決したようにザイトランに向き直る。握った拳の関節が白く震えていた。

「言っておくが、こいつに手は付けていないぞ。正真正銘の初物だ。大事な売り物だからな。おい、ガーズ……リリスの服を脱がせ」

頷いた男が、太く強靭な二本の腕でリリスの白いワンピースを下からまくり上げる。白い肌と、薄い色の下着が露わになった。上半身にはつつましい膨らみがある。抵抗することなく服をはぎ取られた少女が、体を震わせ唇を噛んで下を向いた。

「見ての通りだ。傷一つないだろ？　なんなら股を広げて確認させてやろうか？」

「……遠慮しておこう。我慢がきかなくなりそうだ」

「正直なやつだな。気にいったぞ。１４０万ナールにまけてやろう」

「いいのか？」

「ああ。金はすぐ用意できるのか？」

「いや……少し時間が欲しい」

「それなら九日だけ待ってやる。だが、その間、リリスは予約済みってことで店に出せなくなる。うちの店の客は権力者も多い。しつこい客に後から目をつけられても面倒だからな……代わりに営業補償を呑んでもらうぞ」

「営業補償だと？」

「そうだ。リリスは人気（にんき）がある。お前みたいなやつにな。店に出せないとリリス目当ての客が来なくなって困るんだよ」

ザイトランが「俺の店も苦しいんだ」と酷薄（こくはく）な笑みを深めた。

「……だが、彼女は他の女達と役割が違うはずでは？　ショーにも出ていなかった」

「出す出さないは俺が決めることだ」

「……」

「営業補償は九日で30万ナールだ。リリスの値段とあわせて総額１７０万だ」

「１７０万……最初と変わらないじゃないか」

「嫌なら帰れ。別にお前に売らなきゃならない理由はない。これほどの女だ。すぐに次の買い手が見つかって可愛（かわい）がられるだろうよ」

サナトはリリスにちらりと視線をやった。

「くっ……分かった」

歯をぐっとくいしばって頷いた。ザイトランはその様子を満足そうに眺める。

「よし。話は以上だ。契約に移ろう」

すぐに、ガーズが細かい字が裏表に書かれた契約書を持ってきた。恭（うやうや）しく主に差し出し、ザイトランがそれにサインを書く。

まるで予（あらかじ）め決められた流れがあるかのように淀（よど）みがない。

「次はお前だ」

向かいから渡された契約書を数秒黙って眺めるサナト。彼もまた自分の名前をはっきりと記入する。

ザイトランが満面の笑みを浮かべて立ち上がった。サナトに手を伸ばす。

「いい商談だった」

サナトは複雑そうな表情でその手を握り返した。

「九日後の昼に金を持ってここに来い。公正証人にも話をつけておく」

「……ああ」

「リリス、良かったじゃねえか。こいつに感謝の言葉でも言ってやれ。次のご主人様だぞ。金が用意できればな……くくっ」

促(うなが)されたリリスが、下着姿のまま機械仕掛けの人形のように頭を下げた。

「……よろしくお願いします」

顔を上げた少女がサナトの視線から恥ずかしげに体を隠す。

サナトが踵を返し、何か一言つぶやいた。少女に聞こえたかは分からない。

そして、誰も気付かなかった。サナトが静かに微笑んだことに。

第十話　悪党同士

『どれが本物のマスターなの？』

「意味が分からないな。ルーティアから見てさっきの俺はおかしかったか？」

『うん。迷宮で喜んでた時のマスターと全然違ったから。なんか別人みたいだった』

「大げさだな……」

サナトは暗い通りをたんたんと進む。そして大きくため息をつく。

「相手が悪党だと分かったからな。多少強い酒に酔ったのもあるかもしれないが……」

『そうなんだ……』

「そんなことよりどこかで飯を食っていこう。結局何も食べていないし、明日からの活動に支障が出たらまずい」

食事場所を物色しながら歩くサナトに、ルーティアが今気付いたかのように声をあげた。

『そうだよ！　明日からどうするの⁉　170万ナールなんて持ってないでしょ？』

「無いな。魔石一つで100万と少しだ。無理に決まってる」

『九日は待ってくれるって言ってたけど……なんでもう少し長く待ってくれなかったのか

な……』

ルーティアはリリスを買い取ることに何の抵抗も感じていない様子だ。サナトは少しだけほっとして言う。

「十日経つとカモが金貸しから新しい金を手にいれてしまうから九日なんだ」

『初めて聞いた。九日だったらいいの？』

「この国の法律では金を貸す前に審査期間が十日ある。その間に貸付金を回収できるか身の回りをきっちりと調べるんだ。まあ違法と分かっても無視する金貸しもいるがな。だが、10万ナール以上はどこの金貸しもすぐには出してくれないだろう」

『え？　でもそれだとまるでリリスを売りたくないように聞こえるよ？　お金を用意されたら困るってことでしょ？』

「だから営業補償なんだ。金を用意できなかったとしても、30万ナールは最低稼ぐつもりなんだろう。契約書を見たか？　契約は破棄されるが、指定期日までに金を用意できなくとも営業補償は払えと書いてあったぞ」

『それっていかさまみたいじゃん。でも、もしもお金を用意できたらどうなるの？』

「相場の三倍ぐらいで俺が買うことになる。どちらにしても、ザイトランの懐に金が入る計算だな」

『うわぁ、すごく悪いこと考えるね。ん？　相場って言った？　マスターって奴隷の売買初めてって言ってたよね？』

「売買は初めてだが、この世界で仕事を転々としていた時に横で見ていたことはある。俺の記憶では、少女一人なら60万ナールほどだ。ザイトランは手続きが簡単だと言っていたが、奴隷の扱いには厳しい罰則もある」

『……マスターも大変だったんだね』

「見た感じ、ザイトランはあの手で何度も金をせしめているようだな。腹芸のできなそうな後ろの護衛ですらなかなかの演技だった。餌役の奴隷も可哀想なものだ」

『そっか……だからマスターもすごくつらそうな顔をしてたんだ』

「バカを言うな。俺も全部演技だ」

声のトーンを落としたルーティアをサナトが鼻で笑う。

『へっ？　演技？』

「そうだ。最初から最後までな。あの程度のみえみえの挑発に釣られるわけがない」

『挑発って？　演技だったの⁉』

「リリスを必要以上に前に出して服まで脱がせ、会話すら禁止だと言ってた割にはあっさりと媚を売るようなセリフを言わせる……俺の執着心を散々煽ろうとしてくれたからな。最初から決まったパターンがあるのだろ。それに乗ってやっただけだ」

『えぇーっ⁉　そこまで分かってて……こ、ここにも悪党がいる……』

「失礼だぞ。それにリリスが欲しいのは本当だ。高い買い物になるかもしれないが、うまく行けば大きな力になる」

『どうしてそんな演技を？』

「ん？　相手の油断を誘うために決まっている。リリスを死に物狂いで手に入れたい男のようだっただろ」

　サナトが人の悪い笑みを見せる。

『……でもほんとにお金はないんだよね？　またワンダースケルトンを倒して魔石を手に入れにいくの？』

「迷宮には行くつもりだ。だがあいつはレアモンスターだった。金の算段には入れない方がいいだろう。一応聞くが、ルーティアの《解析》は使えないのか？」

『ん？　《水魔法》に？』

「違う。俺の所持金の桁を増やすとか、１０００万ほど増やすとかだ」

『よくそんなこと思いつくね……』

「まあ偽造と言えば金が定番だからな」

『うーん…………………無理』

「そうか。今のところ《解析》は、スキルの一部にしか効果がないし仕方ないか……まあ、そんなに落ち込むなって。ただ確認したかっただけだ」

『うぅ、見えないのに落ち込んだって分かるんだ』

「ルーティアは分かりやすいからな」

『うぅぅ……なんか悔しい』

「さあ、今日の仕事は終わりだ。腹も減ったし食事にするぞ。何を食べようか。金はうなるほどあるしな。まずい酒の口直しに、異世界初の豪華料理といこうか」

『異世界？』

「気にするな。独り言だ」

『あんまり使っちゃだめだよ。九日でお金を集められるか分からないんだから。それに……リリスって子、すごく泣きそうな顔してた。できたら助けてあげてほしい』

「助けるさ。リリスのためにも、俺のスキルのためにもな」

サナトは笑みを深めた。

＊＊＊

柔らかい日差しが降り注いでいた。サナトは宿の外に出た。良い天気だ。

「狭い部屋の方が落ち着くが、肩は凝るな」

二度、三度とほぐすように肩を回す。

革の胸当てと銅剣という出で立ちのサナトは、レベル8には到底見えない冒険者である。手慣れた様子で通りの果物屋に金を投げ、リンゴに似た果物にかぶりつく。

店主の女性も慣れたものだ。確認もせず後ろのかごに硬貨を放り込んでいる。

「手軽にこんな美味い果物を買えるのは魔石のおかげだな。もう一度あのスケルトンと出会いたいものだ」

『迷宮に行くの？』

「ああ。だが、先に寄るところがある。上等の酒も必要だ」

『どこに行くの？』

「まあ見ててくれ。すぐ分かるさ。それよりルーティアに昨晩頼んでおいた件は？」

『《水魔法》のこと？　威力と消費ＭＰは上書きできそうだよ。でも《浄化》の方はどの魔法もダメだった……』

「なるほど。とりあえず変えられるのが《火魔法》だけじゃないと分かって良かった。そのうち《浄化》も何とかなるだろ。じゃあ行くぞ。用事が済み次第、どっぷり迷宮入りだ」

サナトは最初の目的地に向けて歩きだした。

＊＊＊

目の前に現れたウォーキングウッドの視野の外から《ファイヤーボール》を放つ。敵はあっさりと消滅し、木炭を残す。拍子抜けするほどの劇的な変化だ。威力二十五倍の効果はレベル差をものともしない。

「やはり、何匹倒しても木炭か。ワンダースケルトンとも出会わないし、ついてないな」

『木炭って安いんだよねー』

「今朝食べた果物すらこれでは買えないしな」

サナトは木炭をアイテムボックスに乱暴に放り込む。のんびりと話す二人は、迷宮の一階層目にいた。

しばらく淡い期待を持ってうろついていたが、目的のワンダースケルトンは見つからない。

「可能なら一気に金を用意したかったが、期待しない方が良さそうだな」

『でも、このペースだとお金が足りないよ。馬車にも使っちゃったし』

「その時はその時だ」

『30万ナールの営業補償を払って諦めるの？』

「まさか。リリスは必ず手にいれる。それより、今日は二階層に行こう」

一階層の奥深くに、二階層と繋がる大きく開いた穴がある。瞬く間にたどり着いた。

上から下を覗き込む。どういう理屈か鉱物が階段状に降りている。

サナトは一段一段歩を進めた。

『骨さんいるかな？』

「さあどうだろう。それより敵が一気に強くならないことを祈るがな……警戒はしておこう」

二階層をぐるりと眺める。雰囲気は変わらない。薄暗い世界で光苔が存在を主張している。湿度は増したようだ。

そして最初に目についたのは、もう何匹倒したのか分からない敵だった。

ウォーキングウッド
レベル9　植物
《ステータス》
HP：73　MP：35
力：36　防御：29　素早さ：37　魔攻：24　魔防：19
弱点：火
《スキル》
HP微回復
土魔法：初級

「またこいつか。二階層では強さは変わらないな」

サナトが肩の力を少し抜いた。

敵の視野は狭い。今ではわざわざ死角から先制攻撃をかけるほどの相手でもない。

さっさと三階層に降りようと決めて背を向けた。

だが――

『ねえ、マスター。思ったんだけど、モンスターのスキルって《複写》できないのかな?』

「……確かに」

ルーティアの思わぬ一言に歩みを止めて振り返った。

視線の先には短い根を器用に使って歩くウォーキングウッド。あまりに動きが無防備に見えた。

「人間に限定する理由はないな。やってみるか。だが《複写》の乱発は避けたい。枯れ木に使うのは――」

そう言ったサナトはにやりと口端を上げた。

(待てよ。《解析》があることを思えば役に立つスキルじゃないか)

銀剣を鞘から抜いた。迷宮に来る前に買った中古品だが、銅剣よりは遥かに攻撃力がある。

「よし。ルーティア、あの枯れ木のスキルを貰うぞ」

『了解！』

第十一話　ぶっ壊れスキル

「ルーティア、《ファイヤーボール》の攻撃力を40まで落とせ」

『どうして？』

「弱らせるからだ。今の攻撃力では一撃で殺してしまう」

『あっ、そっか』

ファイヤーボール
《源泉》　？？？
《属性・形状・攻撃力》　火・球体・40
《必要MP》　1
《範囲》　単体
《呪文》　炎よ　我が手に宿れ
《生成速度》　8

《その他》10%火傷

――スキルが一部更新されました。上書きしますか？　YES　or　NO？

「更新のたびに聞かれるのか。面倒だな。ルーティア、俺の代わりにウインドウのコマンドを選択できるか？」

『え？　できるけど私がやるの？』

「頼む。戦闘中にウインドウを見ている暇が無い時もあるだろう。今後はルーティアがやってくれ」

『でも、変な風に変えちゃったりしたら？』

「……俺は信頼している」

『うん！　私がんばる！』

――上書きに成功しました。

単純だな、と苦笑いしたサナトは気持ちを切り替えて呪文を唱えた。《ファイヤーボール》が音を立ててウォーキングウッドを襲う。

ＨＰバーの減りは絶妙。生かさず殺さずの位置だ。

「よし」

サナトは生温かい風を感じながら、剣を手に走り出す。

初めて迷宮に入った時はあれだけ絶望的な状況に追い込まれた敵も、今では余裕を持って対処できた。

ウォーキングウッドの背中側に手が触れた。途端に枝のなぎ払い攻撃が背後のサナトを襲う。

だが、後ろに跳ぶことで軽く距離を取ってかわす。視野の移動も攻撃の方向も事前に見えている。十分にかわせる。

（接触一度目が完了か）

敵の視野を示す範囲がオレンジ色に変化した。サナトを視認したらしい。

足代わりの根を使って近付いてくるウォーキングウッドの左手を切り落とし、間髪を容れずに背後に回って手を伸ばす――

（二度目の接触だ。ん？　《複写》が反応しない）

動きの鈍い敵と再び距離を取った。

「ルーティア、どうなってる？　モンスター相手はダメなのか？」

『たぶんだけど……時間が足りないんだと思う』

「時間？」

『今までは、二回で合計二秒以上接触してる。でも今回は二回とも一秒以下だった』

「面倒だな。それだと確かに握手の方が早いな。だが、これではモンスターに《複写》が効くか分からない。仕方ない……押さえつけるか」

サナトは敵に再び切りかかり、反対の腕も落とす。そして視野の外に回って体当たりで転ばせ押さえつけた。

――《解析》が完了しました。《複写》を行いますか？　YES　or　NO？

「三回接触で条件を満たす場合もあると。時間も関係しているのか……YESだ」

『どれを《複写》するの？』

「《HP微回復》だ。すぐに《解析》してくれ」

『あっ、回復量を増やすんだね？』

「そうだ。ついでに《ファイヤーボール》の攻撃力も500に戻してくれ」

サナトはルーティアに指示を出すと銀剣を突き刺した。ウォーキングウッドのHPバーが完全に灰色に変化し、光の粉と消えた。

HP微回復
《源泉》　???
《種類》　HP回復
《正負》　正
《必要MP》　1

《数値》 5
《間隔(かんかく)》 30秒毎
《対象》 本人
《その他》 なし

「こ、これは……MPを消費するのか。HPが減ると三十秒に一度MPが自動で無くなっていくとは。なんて燃費の悪いゴミスキルだ。《解析》が必須(ひっす)だな……」

『マスター、回復量を5から500へ上げるね。ついでに回復間隔も縮めとく?』

「ああ。できるなら是非やってくれ。これではまったく使えない………分かってはいたが、ゲームバランスは無茶苦茶だな」

『終わったよ！』

「って早いな」

『一度やってるから慣れちゃったのかな? 軽い軽い。《ファイヤーボール》の攻撃力も修正したよ』

HP微回復
《源泉》 ???

《種類》　HP回復
《正負》　正
《必要MP》　1
《数値》　500
《間隔》　1秒毎
《対象》　本人
《その他》　なし

素晴らしいスキルに変わった。だが、サナトは別の意味で頭を抱える。

彼のHPは57。これがルーティアのひと手間で、毎秒HPが500回復することになった。元は三十秒毎に5回復だったのだ。とても迷宮一階層のモンスターが持つスキルではなくなった。

（どんなオーバースペックだ。序盤でこんなスキルを持つモンスターに会ったら、そのゲームは叩き壊しているだろうな）

「《複写》からの《解析》のコンボは凄まじいな。だがいまだに見えない《源泉》とは何だ？」

『分かんない』

「……まあいいか。そのうち分かるだろ」

サナトは棚上げを決めた。

そもそも考えても分からない奇跡のような話ばかりなのだ。今さらである。

『あっ、マスター、また聞いてきてるよ』

ルーティアのそんな一言と同時に、サナトの頭に天の声が響く。

――スキルが一部更新されました。上書きしますか？　ＹＥＳ　ｏｒ　ＮＯ？

「ＹＥＳだ」

サナトは迷わず即答した。

だが、質問はそれで終わらなかった。

――上書きに成功しました。上書きによりスキルの一部が規定スキルに該当しました。

《ＨＰ微回復》を《ＨＰ超回復》に名称を変更しますか？　ＹＥＳ　ｏｒ　ＮＯ？

「なにっ？」

『規定スキルってなんだろ？』

サナトは思わぬ問いに首を傾げる。初めてのパターンだ。ルーティアも悩んでいる。

「規定スキルに該当……つまり、今回《解析》で上書きしてできたスキルは、実際にこの世界に存在するってことか？」

『そうなの？　えぇ……こんなスキル持ってるモンスターがいるの？　倒せないじゃん』

「設定としてあるだけで持っているとは限らないし、モンスターとも限らないだろ。もしかすると人間だって持っているかもしれない……現にここにいるしな」

『そ、そうだよね』

「たまたま《HP超回復》のスキルと合致（がっち）したわけだ。確かにぶっ壊れスキルだ。俺が言うのもおかしいが」

二人の間に微妙な空気が流れる。外から見たらどう見えるかを改めて考えてみて、ことの重大さを実感したのだ。

ルーティアがおずおずと声をあげた。

『もう少し、控えめにしとく？　回復量を１００ぐらいにするとか』

「それでも俺のHPは一秒で満タンだぞ。やるなら20ぐらいまで下げないと意味が無い気がする。一秒毎を十秒毎に変えるとか……」

『それってよく分からないよね？』

「ああ。わざわざ強いスキルを弱体化させてどうする。《解析》の意味がまったくない。俺だって強い方がいい。もうこのままで行こう。それと、名称の変更は……」

サナトは腕組みをした。

今考えられる範囲では、名称を《HP超回復》に変えてしまうのはデメリットの方が大きい気がするのだ。

メリットと言えばステータスカードを見せた時に注目を集めることぐらいだろうか。もしくは、とあるジョブの条件になっている可能性があることだ。

だが、誰が持っているのか分からないスキルだ。知らないだけで、伝説のドラゴンや、英雄ジョブを持つ人間だけが持てるスキルだった場合には大いにまずいことになる。

持っている人間はレベル８の村人なのだ。スキルの詐称などありえないが、疑われることは間違いない。

「やはりありえないな。名称変更は拒否。ＮＯだ」

サナトは再びステータスを確認した。

サナト　25歳
レベル8　人間
ジョブ：村人
《ステータス》
HP：57　MP：19
力：26　防御：26　素早さ：33　魔攻：15　魔防：15
《スキル》
浄化
火魔法：初級（改）

水魔法：初級
HP微回復（改）
《ユニークスキル》
神格眼
ダンジョンコア

第十二話　水魔法

「さっさと三階層に進もう。多少の事では死なないようになった。ん？　そういえばもし俺が死んだらどうなるんだ？」

虚空に問いかけた言葉に答える者はいない。まあ死ななければいいことか、と気にせずさらに迷宮の奥へ進む。

相変わらず見かけるのはウォーキングウッドだけだ。無造作に放つ《ファイヤーボール》が一撃で敵を光の粉に変えていく。

「しまったな。下に降りる道が分からない」

『この迷宮広いもんねー』

「ケチらずに街でマップを買ってくれば良かったな」

『歩いた場所ならすぐ分かるんだけどねー』

「……なにっ？　どういうことだ？」

サナトは足を止めた。

似たような風景が彼の周りに広がっている。すでに迷っているのではないかと心配していたところだった。

『私、ずっとマッピングしてるよ』

「マッピング？　ルーティアはどのあたりを歩いているのか分かるのか？」

『うん。今はちょうど一階層の入口の真下くらい。さすがに通ってない道は分からないけど、マスターが歩いた道はばっちりだよ』

「……《解析》ってすごいな」

『なんか言った？』

「いや……何も。その調子で頼む」

『うん。任せて。ちなみにそろそろ夜だよ』

「……時間も分かるのか」

『もちろん』

「そういった能力は是非最初に聞いておきたかったな……」

『能力なんて使ってないけど』

「そ、そうか……」

サナトにとってはとても重大なことを、ルーティアはさらりと話した。彼女の中では、この程度では能力の使用に当たらないらしい。

（ルーティアは人間にそんな能力があることが異常だと、絶対に分かっていないな。マッピングできる時計内蔵のスキルなどありえないのに）

伝えるかどうか一瞬迷って、口をつぐんだ。

「よし。なら今日はここまでにしよう。初めて一階層より下に来たし、無理は禁物だ」

『《HP超回復》を持っていても？』

「HPは満タンでも疲労は感じるからな。戻るぞ。ルーティア、案内してくれ」

『うん。じゃあ表示しまーす』

「表示？　うぉっ⁉」

目の前に歪な形のマップが大きく現れ、思わず後ろにのけぞった。

視線を動かすと、マップが追尾するように付いてくる。

「びっくりした。なんだこれは？」

『今のマップだよ。マスターの右目の《神格眼》に直接映してみたの』

「なんだと……」

右目だけを閉じてみると、確かにマップが消えた。左目で見える景色は普通の洞窟だ。恐る恐る右目を開けた。

「網膜に直接映すようなものか……ありえない」

まるで間近で半透明のマップを見せられているようだった。数歩進むと、マップ内で点滅する黄色の点が合わせて動く。

少々煩わしいが、慣れれば確かに便利かもしれない。

「この階段のマークはルーティアが作ったのか？」

『うん！』

「もう少し立体的にできるか？　ただのジグザグでは分かりにくい。ついでに色も適当に変えてくれ。白色は見にくい」

『うん……』

「……だが、さすがルーティアだな。これはいい。迷う心配が無くなった。ありがとう」

『うん！　でしょでしょ！』

（意外と打たれ弱い感じだな。誉められて伸びるタイプか）

サナトはほっと胸を撫で下ろして、進み出した。

敵は弱く、道にも迷わない。帰り道は驚くほどに短かった。

＊＊＊

翌日もサナトは迷宮にやってきた。

今回も馬車を使用しての優雅な出立である。もちろん、忘れずにギルドで地図も買ってきた。

「尻が痛いのはどうにかしたいな」

ぼやきながら馬車からひらりと飛び降り、すぐに迷宮に進む。

今日は朝から来たこともあり、周囲を見回すと多数の同業者達がいる。誰もが武器の準備に余念がない。

「しばらく一階層でウォーキングウッド狩りだな」

『こんなに人がいるとまずいもんね』

「正解だ」

異常なスキルを堂々と披露したくない。まだまだ上級冒険者には歯が立たないだろう。目をつけられるのは困るのだ。

サナトはそう考え、ふと気づいた。あごに手を当て斜め上に視線を向けた。

「レベルが8のままっていうのは案外良いかもしれないな」

『どうして？』

「普通なら、格上の敵をこれだけ倒せば同レベル以上にはなる。だが俺にはそれがない。言ってみれば、ずっと格下の俺は余分に経験値を貰えてるってことだ」

『私に吸い取られてるけど』

「それでも無駄じゃない。俺のレベルが上がらない代わりに、ルーティアの能力がどんどん進化しているはず。正直なところわくわくしてる。これからどんなふうに変わるのか気になってな」

『マスター……私、がんばる！』

「ああ。俺の強さはルーティアにかかっている。頼むぞ」

サナトは通路の端(はし)を歩きながら見つけたウォーキングウッドに、《ファイヤーボール》を放つ。

熟練の冒険者は見向きもしない敵だが、彼にとっては経験値の塊に見える。

（こんな雑魚でも倒せば倒すほど強くなれる。美味(おい)しいな）

この一階層で注意しなければならないのは、モンスター部屋のような例の場所のみ。サナトは冒険者が一階層から完全にいなくなったのを見計らって、意気揚々(いきようよう)と二階層に降りた。

＊＊＊

「とうとう出たか」

購入した地図を基に四階層に降りたサナトの目の前に、新たな敵が出現した。

歩く砂男とでも言おうか。

サンドマン
レベル10 鉱石
《ステータス》
HP：76 MP：37
力：37 防御：30 素早さ：38 魔攻：25 魔防：20
弱点：水
耐性：土、火
《スキル》
土魔法：初級
防御＋10

（そこまで強くないが、三階層までのモンスターは火が弱点で次は水ときたか。一人では

攻略しにくい仕様にされているのか）

サナトは《神格眼》でじっくりと動きを確認する。

人間のような形だが、ある種の不定形族――スライム――に近いのかもしれない。体を流動させながら移動している。

「ルーティア、《水魔法》の《解析》を頼む」

『ＯＫ！』

ウォーターボール
《源泉》　？？？
《属性・形状・攻撃力》　水・球体・５００
《必要ＭＰ》１
《範囲》　単体
《呪文》　水よ　この手に猛き流れを
《生成速度》８
《その他》　温度１度

（氷水並みの水温だ。人間なら大量にかけられればショック死するかもな）

早々に呪文を唱えたサナトの手から凶悪な《ウォーターボール》が放たれた。

水の塊がサンドマンに命中し、スイカが破裂するかのように頭部が爆発した。鈍い爆裂音が迷宮内に木霊する。

（やはり、見た目とは裏腹の威力だ）

強力すぎる魔法に肝を冷やしながらも、サナトはその威力に大きく頷く。敵を相手にして手こずるよりは百倍良いことだ。

『ねえ、マスター、いつの間にか《形状》が変更できるようになってるよ』

「《形状》を？　素晴らしい。どんなものに変えられるんだ？」

サナトが静かに喜んでいると、ルーティアから成長の報告が入った。

笑みが自然と深くなった。

『えーっと……槍でしょ、円でしょ、壁と、あとは柱とか色々』

「そんなにあるのか。じゃあ槍にしてみてくれ」

『はーい』

サナトは返事を確認し、手近な岩に向けて《ウォーターボール》を使う。

すると空中に現れた水の塊はあっという間に鋭い穂先を持つ槍の形状に変化し、空気を切り裂くような音を立てて目標物に突き刺さった。

いや、刺さったように見えた。

だが水の槍は岩を貫通し、背後にそびえ立つ壁をものともせず、ぽっかりと大きな穴を残して見えなくなった。

目の前にあるのは深々とドリルで穿ったような跡だ。サナトの表情が引きつった笑みに変わる。

「……速かったな」

『……うん。球体よりすごく速く飛んでいったね』

「《形状》の特性かもな。それに敵を指定しないと、どこまでも飛んでいくのかもしれない」

『怖いね……』

「これは要検証だな」

『そうだね』

「まあ、とりあえず《ウォーターボール》は槍にしておこう。この階層あたりで敵を倒すには有効そうだ」

『名称を変えられそうだから《ウォーターランス》ぐらいにしとくね』

「ああ、助かる。ややこしいからな。間違って使うと危険だ」

スキル表示が《水魔法》（改）へと変わった。そして、一覧の中にある《ウォーターボール》の名前が《ウォーターランス》へと変化した。

（最初に使っておいて良かった。街中で目標物を決めずに使っていたら大惨事だった）

建物の壁を次々と破壊していく水の槍を想像してぞっとする。

もしパーティを組んでいれば、今のミスで仲間を死なせてしまっていたかもしれない。

「急いでこの力に慣れておかなければ……」

すでに桁外れの魔法使いになりつつあることを自覚していないサナトは、両手で軽く自分の顔を叩いて気合(きあい)を入れた。

サナト　25歳
レベル8　人間
ジョブ：村人
《ステータス》
HP：57　MP：19
力：26　防御：26　素早さ：33　魔攻：15　魔防：15
《スキル》
浄化
火魔法：初級（改）
水魔法：初級（改）
HP微回復（改）

《ユニークスキル》
神格眼
ダンジョンコア

第十三話　準備は整った

サナトは迷宮の十二階層に突入した。

目の前で群(む)れていた牛ほどの大きさのカニが三匹、一度に燃え上がった。レベルは12だが、泡(あわ)を吐く間もなく光の粒になって霧散した。

ここでも魔法の威力は桁違(けたちが)いだ。敵に一切抵抗を許さない。

「ここまで攻略してくれた冒険者に感謝しなければ」

真新しい紙を広げて自分の位置を確認する。右目に映る現在位置とぴたりと一致(いっち)した。

「すごいな。ギルドも捨てたものじゃない。いい地図を作っている」

『ほんとだねー。小さな魔石も手に入れたしいいことずくめ』

上の十一階層で脇道を探索していたところ、ビー玉程度の魔石を拾ったのだ。普通の人間はまったく魔石だと気付かないだろう茶色の石。《神格眼》の恩恵は大きい。

まだ迷宮が死んでいない証拠でもあった。

「多少の金の足しにはなるな。それと、この迷宮は三階層毎に敵が変わるようだな」

『そうみたいだね。十階層からカニばっかりだもん。もういらないよね』

「ああ……もう十分だ。カニみそもいらない」

サナトは静かにアイテムボックスを開けた。

そこには巨大なカニの爪が何本も入っている。ついでにその隣にはカニみそが控えている。

このカニ――ダンジョンシザーが落とすアイテムはカニの爪なのだ。一応装備することも可能のようだが、サナトはさすがに身につけたいとは思わない。

カニは弱点の《ファイヤーボール》ですぐに丸焼きになる上に、アイテムはドロップ率100％かと思えるほどの出現率。

当初は装備アイテムなのに食べられると気付き、嬉々として大きな爪を割って肉にかぶりついたサナトだが、さすがに食べ続けて飽きていた。

（色々と大丈夫か？　カニみそもボックスに直載せなのだが……臭いとか心配になるぞ）

何度か試したのだが、カニみそはビニールに包まれたように、掴めばどろっと全部が持ち上がる。さらになぜか手にもまとわりつかない仕様。

（これも売れるといいが……《神格眼》では薬・食用となっているが、さすがにこれを生

で食べるには勇気がいる。アイテム扱いだろうから問題ないとは思うが）

静かにカニみそを戻してアイテムボックスをしまう。腐らないところを見ると、ボックス内では時間経過も無いらしい。

こんな便利ボックスが元の世界にもあればよかったのに、と意識を遠のかせる。

『マスターも範囲指定にだいぶ慣れたね』

「ああ。ルーティアのおかげだ」

七階層から九階層まで、気持ち悪いワーム——茶色く細長い巨大な虫——をあきるくらい倒し終えて、胃がＭＰ回復薬で水っ腹になった頃のことだ。

十階層に到達すると同時に、ルーティアがサナトに成長の報告をした。

その内容は二つ。

一つ目は魔法の《範囲》を変更できるようになったことだ。

《範囲》は単体、複数、全体、フリーの四種類を選択できた。

何度か試したものの、フリーは自分で囲んだ範囲を攻撃するという仕様であり、相当指定に手こずったのだ。

戦闘中に頭の中で、そんな複雑な線を描くのは難易度が高い。

線を結びきれなければ魔法が放てないという事情もあって、結局は複数指定か全体指定を頻繁に使っている。

しかし、複数指定は一つ一つ敵を順番に選択する必要があり、全体指定にいたっては敵ではない岩やドロップアイテムまで対象に入れてしまう不親切さが欠点だった。

そして困り果てていたところにルーティアが助け船を出したのだ。

「ルーティアが一瞬で複数指定をしてくれるおかげで、格段に《ファイヤーボール》が使いやすくなった。本当にすごい」

『いやー、そんなー、照れるよー』

「照れる必要はない。優秀すぎるくらいだ」

『……へへっ』

突然現れた三匹のカニも、複数指定で一瞬のうちに捕捉して《火魔法》で即死させたのだ。

「何より驚いたのは複数指定でも全体指定でも、消費MPが1ということだ。正直なところ三匹狙えば、その分MPを消費すると思っていた」

『私も。でも《ファイヤーボール》が元は単体しか狙わない魔法だからかな……複数指定にしても変わらなかったみたい』

「……ほぼバグだな」

『バグ?』

「システム側の想定外のエラー……いや、気にしなくていい。忘れてくれ」

サナトは昔遊んだゲームをいくつも思い出す。

初期魔法の《ファイヤーボール》が複数指定可能であったり、全体攻撃魔法であったりしたことは一度もない。

チュートリアルで出会うスライムに全体攻撃を放てるゲームはないはずだ。

間違いなく物語の後半にしか使えない。

（ＭＰ１の全体攻撃魔法。おそらく威力も凄まじ……ん？　《火魔法》スキルは初級のままだが人前でこの《ファイヤーボール》を使ったりして大丈夫か？　初級なのに複数指定の魔法など使ったらまずいのでは？）

サナトははっと我に返る。背中にじわりと冷や汗が浮き出た。

「……あまり人前で複数指定の魔法は使わない方がいいかもな」

『どうして？』

「どう考えても初級の《ファイヤーボール》だと目立つだろ」

呆れるように低い声で告げる。

『目立てばいいじゃん。どかーんとか、ぼかーんって《ファイヤーボール》で全部吹き飛ばせば、気持ちいいと思うよ』

サナトは片手で顔を覆い、天を仰ぐ。

「それはもう初級魔法じゃないだろ。異常すぎる。と、とにかく単体だ。複数指定も全体も迷宮の外ではやめておこう。変に疑われると良くない」

『でも、単体だとMPは使った数だけ1ずつ減っちゃうよ？　複数指定なら一回で済むのに』

「まあ、それはその通りだが……普通の《ファイヤーボール》でも十分に強いのだ……つまり、なんというか……必殺技だ」

『必殺技……おぉーーっ』

「ここぞという場面でのみ使う全体攻撃魔法を、気軽に放つのはダメだろ」

『おぉーっ、なんかかっこいいね』

「だろ？　だから普段は単体にしておこうな」

『うん、うん。そうする！』

サナトは危ない事態をうまく着地させたことに、ほっと胸を撫で下ろす。

『ねえ、マスター、ところで呪文はどうするの？　短いの考えてくれた？』

ルーティアの成長の二つ目。呪文が変更できるようになったのだ。

魔法名を《ウォーターボール》から《ウォーターランス》に変更した後に、サナトが気付いたのだが、どうやら文字列も一部変えられるようになっていたらしい。

サナトとルーティアは互いに頭を捻って新しい呪文をずっと考えていた。戦闘中に使うことを考えて語呂が良く、短い呪文を。

『マスターが思いつかないなら私が決めるけど、いい？』

「おっ、案があるのか？」

『うん。あ』

「……ん？」

『だから、「あ」って呪文』

「……ん？　本気で言ってるのか？」

『うん。だって速いじゃん。言いやすいし』

「魔法を使うたびに『あ、《ファイヤーボール》』って言うのか？」

『ちゃんと繋げないと』

「……繋げる？」

『あ《ファイヤーボール》、あ《ファイヤーボール》って感じ』

「ありえない……」

『「お」の方が良かった？　おファイヤー――』

「却下」

『えぇー、せっかく一晩考えたのにー』

「一晩？　昨日、やけに無口だった理由がそれか……」

『うん』

サナトはため息をつきながら上の階層に繋がる階段に向かって歩き出す。

そろそろザイトランとの約束の日時が近づいていた。この数日の迷宮での泊まりがけの特訓は、サナトにとって色々と勉強になった。

「残念ながらルーティアの変てこ案は全部却下だ。さあ、街に戻るぞ」

『私は真剣なのにー』

「とりあえず魔法の呪文は俺の言うものに変えてくれ」

『はーい。でも絶対に「あ」を超える呪文は無いって。言いやすいもん』

「……」

第十四話　男は笑う

サナトはメイン通りをたんたんと歩く。約束の時間まではもう少し。

薄(うっす)らと汗ばむのは気温のせいか、緊張のせいか。

『ねえマスター、アイテムを売ってたけどお金足りたの？』

「いいや。まったく足りない。カニ爪くらいでは厳しいな。営業補償の30万ナールくらいなら払えるが」

『ザイトランって男にごめんなさいを言うの？』

「ルーティアは心配しなくていい。もうやれることはやった。後は予想外のトラブルさえ起こらなければ問題ない」

『うん……』

「……そんなにリリスが気になるのか？」

『だって人間に捕まるなんて可哀想でしょ？』

「可哀想……ね」

サナトはぼんやりと考える。

親のせいだったり、不運の結果だったりと奴隷になる理由は様々だが、一概に可哀想というくくりで見るのはどうだろう、と。

異世界に来てから奴隷達とも度々仕事をしてきたサナトは、毎日を楽しく過ごしていた人も知っている。自由は制限されるが、飲み食いに困らないことをありがたいと笑う奴隷もいたのだ。

（借金が重なってやむを得ずってやつもいるし、貴族のような上客に買われて前より暮らし向きが良くなったという例もあるだろう。その点、俺が買う方が良いのか、ザイトランの店で安定した仕事に就く方が良いのかは、リリスにとっては微妙かもな）

武具屋の前で足を止めたサナトは、軒先に並べられている斧を手に取って眺める。

「俺が買っても奴隷の身分には変わりないぞ。それに迷宮に入れば嫌でも危険な戦いに巻き込まれる」

『全然違うよ。あの子はあの場所が嫌いなんだもん』

「まったく根拠のない話だと思うが……」

『ううん。私はぴんと来たの』

「そうか」

『マスター、もしかして呆れてる?』

「いいや」

ゆっくりと首を振って続ける。

「スキルが話せるうえに、俺達に近い思考を持っていることに驚いただけだ。ルーティアは不思議なやつだな」

『そう?』

「ああ。少なくとも昔の俺はこんな状況になると考えたことはなかった。だが、悪くない」

サナトは心の中で、ルーティアが首を傾げたことを感じる。

分かりにくいか、と思って言葉を足した。

「一人はきついんだ。壁に当たっただけですぐに挫折してしまうからな」

『マスター……』

サナトは空を見上げた。透き通るような青い色が、今の心情を表すようだった。

＊＊＊

商店街を抜け、さらに奥に進むと夜の店が立ち並ぶエリアに到達した。

昼間に来ると趣がまったく違っている。とても静かだ。

見覚えのある扉が見えた。火が灯っていないランタンが二つ設置された木の扉。

サナトは一つ深呼吸をすると取っ手を引いた。哀愁を帯びた蝶番の音が緊張を誘う。

「――っ」

サナトは息を呑んだ。

扉を開けると、真正面の受付に立っていたのが薄い紫色の髪の少女だった。

あの時の肩の出た白いワンピースを着てこちらを見ていた。

他にも数名、店の掃除をしながらこちらを窺う視線を感じる。店員も関心を持っているのだろう。

（やれやれ。やってくれる。怖気づいて帰るとでも思っているのか）

サナトは心中で苦笑いをしながら、強い意志を込めて顔を上げた。後戻りをする気はない。

「契約を果たしに来た」

「……主人が奥でお待ちです。こちらにどうぞ」

リリスがくるりと髪をなびかせて店の奥に向かう。清楚なワンピースの裾が小刻みに揺れていた。

「私のことは気にしていただかなくとも大丈夫です。今からでも……」

少女は振り向かずに小さな声でつぶやいた。無理矢理感情を抑えつけるような声だ。サナトはしばし何も言わなかった。

そして――

「準備は終わったのだな？」

サナトは少女にしか分からない言葉を返した。途端にリリスがぱっと振り返って悲しそうな瞳を向ける。

「あなたは分かっているはずなのに。どうして……」

「どうして、だと？　分かりきったことだ。手に入れたいからに決まっている。それ以外の理由などあるはずがない」

サナトは絶句する少女の隣を通り抜けて勝手に奥に進む。一度見た場所だ。そもそも案内など必要ない。

敵は獲物の前に餌をぶら下げているのだ。大金を払うことを尻込みする人間を逃さないために。ザイトランの仕込みだろう。

「こんなチャンスを逃すはずがない」

サナトは誰に聞かれることのない言葉を放ち、例の部屋にたどり着く。入口とは比較にならないしっかりとした扉を押し開けた。

室内は、緊迫した空気が満ちていた。

「よう。時間通りだな。お前は来ると思っていたぜ」

「せっかくの上玉の奴隷を手に入れる機会だからな」

「くく……まあ座れ」

椅子に座ったタイミングでリリスも入室してきた。蝋人形のように無表情だ。

サナトは改めて向かい側のメンツを確認する。リリスとザイトランを除けば残りは二人。

一人は用心棒のガーズ。レベル41。強靭な上半身が、戦闘慣れしていることを十分に物語っている。

こちらは初見だ。そしてもう一人。

サナトが目を細めて問う。

「そちらが例の？」

銀色に輝く鎧を纏い、身長ほどのハルバード――槍に斧の刃がついた武器――を持つ男が軽く会釈する。

紹介はザイトランがするようだ。

「王国憲兵団のベアンス様だ。今日の契約の公正証人を務めてもらう。もちろん契約の中身にはすでに目を通してもらってるぜ。あとは金の受け渡しと奴隷の名義換えだけだ」

「なるほど……強そうだな」

「当たり前だろ。憲兵団だぞ。弱くちゃ仕事にならないだろうが」

「いや、レベルの話をしているんじゃない。強靭な精神を持っておられそうだと言いたかったのだ」

「あ？」

　サナト以外の三人が疑問を顔に浮かべた。

「嘘や偽証、賄賂になびかない……そういったものとは縁遠そうな方で安心した。これなら今回の契約はつつがなく終わるだろう」

　サナトが立ち上がり「今日はよろしくお願いします」と頭を下げてベアンスに手を差し出した。

　ベアンスが手を握り返す。ザイトランの笑みが深くなった。

「当然だ。奴隷の売買は罰則も多い。そういった契約にうってつけの人が、この憲兵団のベアンス様だ。清廉にして潔白を地でいく人しか入れない崇高な組織。知ってるだろ？」

「もちろん憲兵団のことは知っている。ただ、大金を支払うのに慎重になっていてな。一応確認したかったのだ」

「何を心配してやがるのかと思えばそんなことか。よくある話だ。確かに大金だもんな。慎重になるのはよーく分かる」

「ああ。俺の一生分の稼ぎかもしれない」

「そうだろうな。で、金は用意できたのか？」

「もちろん用意した。だが、その前にそちらのベアンス様に少し話をお聞きしたい」

サナトは直立不動の姿勢を崩さないベアンスに視線を向けた。

憲兵の切れ長の目がちらりと動く。

「憲兵団の方と間近で会える機会は少ない。冒険者として、一人の人間として、あの組織には強い憧れがある。強さの頂点におられるような人達だ。できれば俺も憲兵団に入隊したいとも思っている。是非、心構えを教えていただきたい」

「……そんなのは金を払ってからじっくり聞け」

「多忙なお方だ。用が済めばすぐに仕事に戻られるだろう。だが、契約中ならベアンス様も言い訳が立ちやすい」

サナトの言葉に反応して、鎧が擦れる音が響いた。ベアンスが姿勢を変えた。

少しくらいなら構わない、と低い声で男が返事をする。ザイトランが小さく舌打ちをした。

「憲兵団の仕事とは王に誠心誠意尽くすことだ。王の護衛はもちろん、日ごろの警備、果ては災害時の対応まで。王の命とあらばいかなる仕事にも従事する。いずれもレベルと精神的な強さを備えている必要があるが、どれも非常にやりがいのある仕事だ。特に――」

サナトはベアンスの話に相槌を打ちながら耳を傾けた。

そうして数分ほど経過した時だった。部屋の扉をノックする音が聞こえた。

白けきって椅子にだらしなく体を預けていたザイトランがぴくりと眉（まゆ）を動かした。

「ちょっと、申し訳ないですが……何だっ？」

ベアンスの流暢（りゅうちょう）な説明を止め、恐る恐る顔を覗かせた女性に問いかける。サナトが初めて店に来たときに受付に立っていた女性だった。

「あの、憲兵団の方がいらしていますが……」

「なにっ？　憲兵が……」

ザイトランが訝しげに顔を歪めると同時に、扉の向こうから乱暴な足音が聞こえてくる。

複数の女性の「困ります！」という声が聞こえる。だが、その憲兵は制止を振り切り、あっさりと部屋の前まで来ると、勢いよく扉を開け放った。

困惑するザイトランが腰を上げた。

そしてその中に一人、ひっそりと笑った者がいた。

第十五話　ジョーカー

「ど、どなた様で？」

ザイトランが予定外の人物の登場に浮足立った。だが、一瞬のことだ。トラブルには慣れているのか、徐々に瞳が動揺を隠し、訝しむものへと変化していく。

「見たところ憲兵団の方で？」

「そうだ。私はルーフェルト。そこにいるベアンスと同じ憲兵団の一員だ。そうだな？」

やや年齢を重ねた肌の浅黒い男が、ハルバードの柄を軽く床に当てて、がらがら声でベアンスを睨め付ける。

威勢の良い返事と共に、弾かれるようにベアンスが敬礼を行った。

「……それは分かりましたが、なぜルーフェルト様がここにいらしたので？」

「そこにいるサナトから相談を受けたからだ」

「相談？」

「初めての奴隷売買で分からないことが多いから助けて欲しいとな。商品の中でも奴隷は特に問題が多いことは知っているな？　売主に騙された事例も少なくない。不安は当然だ。ゆえにこのルーフェルトが公正証人として来たわけだ」

ザイトランのぎりっという歯を噛みしめたような音が聞こえた。ルーフェルトからわずかに視線をそらし、サナトを睨む。

「おっしゃることは分かりましたが、もう公正証人はベアンス様にお願いしていますので」

「確かに一人で十分だ。私もまさか同志がいるとは思わなかった。だが、別に二人いても構わないだろ？　より公正な目で確認できるということだ」

「……その通りで」

ザイトランが静かにため息を吐く。

「ベアンス様もそれで構いませんかい？」

「もちろん。問題などあるはずがなかろう」

ベアンスはザイトランと目を合わせずに答える。その表情には何の感情も浮かんでいない。

舌打ちをしたザイトランが乱暴に椅子に腰かけた。不機嫌な態度を隠そうともせず、背後に控えるガーズに契約書を要求する。

そして盛大な音とともに、テーブルに一枚の紙を叩きつけた。

「この前の契約書だ」

「待て。それには二人のサインはあるか？」

「ルーフェルト様……それはベアンス様に確認してもらってますって」

「私は確認していない」

「……ここにちゃんとサインがあるでしょ？」

「うむ。確かに」

ザイトランが付き合っていられないとばかりに、うんざりとした表情を見せる。

「今回の支払い総額は170万ナール。リリス本人が140万。営業補償が30万。間違いないな？　ではサナト、金をもらおうか」

「それは構わないが、先に確認しておきたい」

「お前……まだ何か企んでんのか？」

「人聞きの悪い。俺は念のために聞きたいだけだ。これは二人の公正証人様に尋ねたいのだが、もしもこの契約書の内容に虚偽がある場合はどうなるのだ？」

　ザイトランが苛立たしげに指でテーブルを叩く音がする中、サナトがベアンス、ルーフェルトの順に視線を送る。

　先に口を開いたのはルーフェルトだ。ベアンスはルーフェルトに遠慮しているのか何も言いださない。

「もしも、不利な情報を隠して売ろうとしていた場合は重罪だ。奴隷の取り扱いに関する王宮令に従い、契約の一切が破棄される」

「奴隷はどうなる？」

「憲兵団で預かり、調査のうえで奴隷市場に返すことになる」

「なるほど……」

　腕組みをして考え込むサナトに、唾を飛ばす勢いでザイトランが先を促す。

「おいおい。どうでもいいが、さっさと金を渡せ。それともやっぱり用意できなかったの

いた。

か？　買う意思が無いってことでいいのか？」

「いや、金はここに用意してある」

サナトはアイテムボックスから大きく膨らんだ革袋を取り出し、無造作にテーブルに置いた。

溢れんばかりの金貨と銀貨が暗い室内で存在を主張する。

ザイトランがごくりと唾を飲み込む音がした。

「ほう……確かにすげえ量だが、１７０万にしちゃ少ないぞ」

「ああ。これは半分の85万ナール。お前の言う、買う意思とやらを示しただけだ」

「残りの半分は？」

「一つだけ確認させてもらった後に出そう」

サナトはそう言うと、落ち着き払った様子でボックスから一つのアイテムを取り出した。

それは透き通ったガラス瓶だ。

中は少女の髪の色と似た、薄紫色の液体で満ちている。

誰もがサナトの行動に疑問符を浮かべた中、無表情だったリリスだけは、はっと驚いた表情を見せた。

＊＊＊

ガラス瓶をひと目見たザイトランはバカにするようにサナトを嘲る。

「何かと思えばＭＰ回復薬かよ。これで何をしようっていうんだ？」

「これをそこにいるリリスに飲ませてほしい」

「ばかばかしい。何がしたいんだ？」

サナトはテーブル上の契約書を拾いあげて、一か所を示した。

「この『人間と変わらない健康体』という一文に疑いがある」

「おいおい。魔人は人間とほとんど変わりないが、体の作りは多少違うって話だぜ」

「そこじゃない。俺が確認したいのは『健康体』の部分だ。彼女は病気の可能性があるのではないか、と疑っているのだ」

「言いがかりもひどいもんだ」

ザイトランが肩をすくめてベアンスにアピールする。

自分は潔白だ、と。だが、もう一人の憲兵が声をあげた。

「よく分からんが、それを飲ませればいいのだな？　やらせてみよう」

「マジかよ……はいはい。もう好きにしてくれたらいいぜ。だが、そのＭＰ回復薬に妙な仕掛けをされたらかなわない。俺が用意するＭＰ回復薬を使わせてもらおう」

「いや、ＭＰ回復薬は誰でも持っている。ここは私と、ベアンスで一つずつ提供しよう。

そこの奴隷には二度飲ませよう。サナトとやらはこれで良いのか？」

ルーフェルトが、微動だにしないサナトに問いかける。

「それでお願いしたい。ただし、彼女のステータスカードをここに置いてほしい。MPの変動を確認しながら飲ませるからな」

「ほんとうにわけの分からないことをしたがるやつだ。おいっ、リリス、ステータスカードを出せ」

屈強な男の間から一際小さい少女が一歩前に進み出ると、一枚のカードをテーブルに差し出す。

確かに名前はリリスとなっていた。

「なぜMPが0なのだ？」

覗き込んだルーフェルトが一つの疑問を呈した。ザイトランがサナトを睨みながら事も無げに答える。

「奴隷のHPやMPのことなんていちいち知らねえよ。どっかで魔法でも撃ったか、疲れてるだけってことだろ。お前はそんなことを確認したいのか？」

「いいや。もっと重要なことだ」

「わけが分からねえ。とりあえず飲ませればいいんだな？」

「ああ」

ザイトランの嘲笑を含む確認に、サナトは生真面目に答えた。

ルーフェルトが頷くと自分のアイテムボックスから一つの瓶を取り出す。それはサナトが出したものと同じ薄い紫色の液体で満ちている。

「さっさと飲め」

主人の一言に従い、少女の小さな手が瓶の蓋を開ける。

一息に飲み干した。全員が、リリスのステータスカードをじっくりと確認した。

そして――

「ばかなっ⁉」

ＭＰは全く回復しなかった。

カードに表示された現在ＭＰは０のままだ。最大ＭＰが存在する以上、普通では考えられない現象だ。

ザイトランはその事実に驚愕しテーブルを両手で叩いた。呆気にとられた表情が結果が予想外だったことを物語っている。憲兵の二人も目を見開いた。

「そんなはずがないっ！　何かの間違いだっ！」

「だが、確かに奴隷はＭＰ回復薬を飲んだぞ。私は見た」

「ち、違う！　飲んだように見えただけだっ！　リリスは飲んでなかったに違いない」

「ならば、ベアンスの一本で再度確認しよう」

ルーフェルトが冷静な表情で成り行きを見守るベアンスに行動を促すと、彼はアイテムボックスから同様の回復薬をリリスに渡す。

少女がまたも同じ動作でそれを口にした。

様々な思惑を孕む瞳が彼女の口元に向けられた。そして、視線はそのまま流れるようにテーブルの上のカードへと移動する。

「ペテンだっ！」

怒り、興奮し、口角泡を飛ばす男はその言葉を何度も繰り返すと、最後に憎悪を込めた目でサナトを睨みつけた。

だが、ＭＰが回復しないという事実は覆らない。

「これは危ない。だまされかけたな」

冷ややかに告げるサナトの一言に、ザイトランが言葉を失う。

しかし、諦めきれないのか、己のアイテムボックスからＭＰ回復薬を荒々しく取り出すと、押し付けるようにリリスに渡し、飲むことを強要した。

三本目。ペースは落ちたが少女は素直に飲み干した。

ルーフェルトがカードを見ながら深く頷く。

「結果は出たようだな。確かにこれは重大な契約違反だ。十分に破棄の要件となる」

「そんなバカなっ⁉」

「事実は事実だ。貴様も自分の目でたった今確認したはずだ。明らかに隠していたとしか思えないぞ」

「違う！　俺は本当に知らなかったんだ！」

「言い訳は不要だ。仮に知らなかろうが契約破棄は変わらん。二人ともステータスカードを出せ。まずは身分を確認する」

逆らうことを許さない憲兵に、サナトはステータスカードを差し出した。

ザイトランも「くそっ」と叫びながら叩きつける。

「レベル8だとっ⁉」

サナトのカードを一瞥したザイトランが素っ頓狂な声を上げた。遅れてその場の誰もが大きく目を見開いた。

「こんな雑魚にこの俺がっ」

ザイトランは憤怒の表情で罵倒するが、サナトは涼しい顔をしたまま憲兵にさっさと事務を進めるよう促す。

ルーフェルトがベアンスを確認し、何も言わないことに頷くと、高らかに口上を述べた。

「今回の契約は、奴隷に病気またはその他の異常があることを秘匿したうえで行われたものであり、買い手に著しい不利益を押し付けようとしたものと判断する。よって、契約は当初に遡って存在しなかったものとする。また奴隷の身分についても憲兵団で預かるものとする」

ルーフェルトがリリスのステータスカードをザイトランに渡し、有無を言わさずサインをさせる。抵抗すればハルバードがすぐにその首に振り下ろされるのだろう。憲兵にはその権限がある。

未だに混乱している男の苦し紛れの呪詛がこれでもかと室内を満たす。

「これで手続きは終わりだ。まったく、奴隷売買はこれだから……ザイトランには追って今回の件の罰が言い渡されるだろう」

「くそっ！」

ルーフェルトがザイトランを冷ややかに一瞥し、緊張を露わにしたリリスに近付くと、まばゆい光を放つ手錠をかけた。一種の魔法だろうか。

少女が困惑した表情でサナトを見た。だが、サナトはまだザイトランと対面したままだ。

「ついてこい。一人で歩けるな？　ベアンスもさっさと仕事に戻るぞ」

リリスが静かに頷き、憲兵の後に続く。ベアンスも無言で少女を挟み部屋を出ていく。

サナトがようやく腰を上げた。

「てめえ、なぜ、あんなことに気付いた？　いつからだ？」

テーブルに拳を何度も叩きつけ、ぶるぶると体を震わせる男が必死に怒りを抑えた声を絞り出す。

「お前に言う必要はない。ただ、契約は果たせなくて残念だ。是非欲しかった奴隷だったのだがな」

「ぬけぬけとよくも……」

サナトが部屋を出て扉を閉めた。

寸前に「このっ、雑魚がっ！　覚えてやがれっ！」と最後の怒声が耳に届いた。

「……契約に雑魚かどうかは関係ないだろ」

吐き捨てるようにつぶやいたサナトは憲兵の後を追う。多くの店員が熱い視線を送っていたことに本人は気付かなかった。

第十六話　一番の悪党は誰か

店を出たサナトはあまり馴染みのない通りを進む。手には一本の酒瓶が握られている。

さきほど仕入れてきたものだ。

清潔感に満ちた舗装された通路が続くこのエリアは心なしか活気が薄れ、代わりに落ち着いた雰囲気が流れている。

『マスター、全部うまくいって良かったね』

「まだ最後の仕事が残っているがな」

『それは私にお任せってことで』

「ああ。その時はよろしく頼む」

木造の家が多いこの街で、一際頑丈そうなレンガ造りの建物に到着する。

ここは憲兵の詰所。現代で言えば警察署に近いものである。

「ルーフェルト様をお呼びいただきたいのですが」

サナトは銅貨一枚を受付窓口に載せると、憲兵にそう伝える。書類仕事を中断してのそりと顔を上げた男が「少し待て」と言い残し建物の奥に消えた。

『何度も来たけど、毎回お金渡さないとダメなの？』

「必ず渡す必要はないが、無ければ余計なことを詮索される。俺が偉い人に会いにきたことの口止め料も入っているしな」

『……偉い憲兵団なのに不思議』

「人間の組織に完璧なものはないんだ。憲兵でも貴族でも権力があればあるほど、なかなか金と無縁ではいられない。清廉潔白は難しい。だが、正面からやり合えるほどの力も肩書も無い今の俺にはこれしかない」

『ふーん……』

万能のように見えるルーティアだが、人間特有の事情は理解しづらいのかもしれない。

男が戻ってきた。

「奥に入って構わないとのことだ。一番奥の突き当たりの右の部屋だ」

それだけ言うと男は再び書類仕事に戻った。

礼を述べ、カウンター横から中に入る。

「な？　話が早いだろ？」

サナトは苦笑いしながら廊下を奥に進み、部屋の前に立つとすぐにノックをする。「入れ」という声に促され扉を押し開けた。

「遅いぞ」

「すみません」

大きな机の向こう側に座る男――ルーフェルト――が悪い笑みを見せる。

その手前には予想外のことにベアンスも同席していた。サナトは少々驚きながら持っていた酒瓶を部屋の中央のテーブルに置いた。

これもなかなかの一品である。

「そこにかけろ。ベアンスも座れ」

ルーフェルトが立ち上がり、中央のソファに移動すると深く背中を預ける。

ベアンスが続き、サナトが最後に腰かける。

「今回は班長にしてやられましたよ。根こそぎ横取りとは」

最初に口を開いたのはベアンスだ。あの場での雰囲気を微塵も感じさせないフランクな口調(くちょう)だ。

「ふん。あんな男に付き合いすぎだ」

ルーフェルトがにやりと笑い、続ける。

「だが、サナトの悪巧(わるだく)みも大したものだ。あの契約内容でどうやって騙されたと言うのかと思えば……まさかMPが回復しない人間だったとはな」

「班長、あの奴隷は人間でなくて魔人です」

「どっちでも構わん。サナトはなぜ気付いた？　ザイトランも本当に知らなかったようだったが」

「隠しているようでしたが、奴隷はずっとふらふらしていて足取りが頼りなかったので、何かあるな、と……」

サナトは何でもないことのように話す。

「私にはそう見えなかったが。それでMPが無いと判断したのか」

「はい。体力はHPよりもMPに依存しますので」

「だが、全く回復しないことまで分かっていたのか？」

「いいえ。あれは一種の賭(か)けのようなものです」

ルーフェルトが言い切ったサナトにちらりと鋭い視線を送る。

「ふん……まあそういうことにしておいてやろう」

「ありがとうございます」

軽く頭を下げたサナトは、流れるようにアイテムボックスから大きな革袋を取り出す。ザイトランの前で差し出したものと同じだ。

「約束の奴隷一人分。市場価格60万ナールに少し色をつけて、70万ナールです」

「ん？　先ほど、革袋に入っているのは85万ナールだと言ってなかったか？」

「はい。このうちの10万ナールは……ベアンス様に」

「私に？」

軽い口笛を吹いたベアンスの目がぎらついている。ルーフェルトがその様子を苦笑いで見つめる。

「約束の60万ナールに上乗せ（うわの）が10万。さらには顔をつぶしたベアンスに10万ということか。残りの5万は？」

「何度も足を運んだ迷惑料として憲兵団に寄付（きふ）を」

「ほう……最後まで気配（きくば）りに長（た）けているな」

ルーフェルトが低い声で笑う。ベアンスが釣られて口角を上げた。

「おい、ベアンス、あのチンピラから貰うはずだった金はいくらだ？」

「班長……それは……」

「いいから言え」

「……3万ナールです」

「ならば、10万は貰いすぎだな。差額も団員に回してやろう」

「そんなっ⁉」

慌てるベアンスの様子を見て、ルーフェルトが腹の底から笑う。

「冗談だ。お前の縄張りに入った手前もある。見のがしてやるよ」

「班長、冗談がきついですよ……」

「ふん。だが、さすがに最近のお前の金儲けは目に余ることが多いぞ。これを機に少し自重しろ。最近は上もうるさい」

「……はい」

二人の話が終わるタイミングを計っていたサナトが口を挟む。

「後のことはどうぞよろしくお願いします。それで奴隷は……」

「任せておけ。おいっ、ベアンス、連れてこい」

「はい」

一人立ち上がったベアンスが部屋を出ようとして、思い出したように振り返る。純粋な疑問が浮かんでいる。

「班長、何番部屋ですか？」

その問いにルーフェルトがあきれ果てたように天を仰いだ。

「バカかお前。そっちじゃなくて物置の方に決まってるだろうが」

「あっ……そうですよね。奴隷扱いしちゃまずいですもんね」

「べらべらしゃべらずにさっさと行け」

慌ただしくベアンスが出ていき、二人が残される。

ルーフェルトが疲れた顔で酒瓶を開けた。豪快に口をつけ、げふっとアルコール臭い息を吐いた。

「まさか、レベル8だとは思わなかったぞ」

「色々と事情がありまして」

「だろうな。レベル8で、スキルもろくなもんがねえくせに小金持ち。意味不明だ。貴族の隠し子かと思えば冒険者気取りときてる」

「冒険者に憧れているんですよ」

「冒険な……それで弱いお前を守れる奴隷が必要ってことか？　はっきり言えばあの奴隷より強いやつは山ほどいるぞ。護衛に適したスキルを持つ奴隷も多い。80万ナール以上払えばもっと市場で良いやつが買えるだろ。性奴隷にするにしても、あんなチンピラにしかけてまで手に入れる必要があるとは思えんな。リスクが高すぎる」

「彼女を気に入ってしまったので」

「ふん、さっきからまったく本音を話さないな」

　サナトが軽く肩をすくめた。

「それも含めての上乗せ分だと思ってください」

「掴めないやつだ。最初に酒を持って話をしに来た時とはだいぶ印象が変わったぞ」

　ルーフェルトが再び酒に手をかけて続ける。

「知り合いが一人もいない憲兵団に、酒と大金を用意してやってくるやつは、まずいない」

「でしょうね。ただ、ザイトランには何か憲兵団につてがありそうだったので」

「そのつての上を行く必要があったってことだろ。どこで俺が酒好きだと情報を仕入れてきたのやら。まあ酒でなくとも、あれだけでかい金を用意するなら俺以外でも誰か釣れただろうがな」

「いえ、ルーフェルト様と繋がりができて感謝しています」

「ふん。最初に握手を求めてきたときは、しれっとそんなことを言えるやつだとは思いもしなかった」

　ルーフェルトの人の悪い笑みをサナトが正面から受け止め、頭を下げる。

「この度は本当にありがとうございました」

「構わん。俺もいい儲けになった。次も何かあれば声をかけてくれ」

　サナトは手を差し出して握手を求めた。ルーフェルトがしっかりと握り返した。

「他に手続きは？」

「奴隷のステータスカードにお前が名前を書くだけで済む」

「何から何まで……」

「俺はただ落とし物を拾い、それを引き取りに来たサナトに渡すだけだ。何も問題はない」

「そして物置に出入りするのはベアンス様がなさっている、ということですね」

「……あまり余計なことを考えると大ケガに繋がるぞ？」

「これは失礼しました」

サナトは軽く謝罪をする。

頭を上げた時、ノックの後扉が開く。ベアンスと手錠をかけられたリリスが入ってくる。

不安そうな表情をしていたリリスは、部屋の中央に見知った人物がいることに目を見開く。サナトは軽く手を上げた。

「さあ、さっさと済ませるとしよう。ステータスカードを出せ」

困惑顔のリリスが差し出したカードが、ルーフェルトを経由してサナトに渡された。

サナトはそれをじっと見つめ、自分の名前を書こうとし――

「もしもここでサインをしなければ？」

「その娘は奴隷じゃなくなる。お前が買った後に解放したことになる」

「なるほど……」

ちらりとリリスの表情を窺う。だが、彼女は何も言わない。サナトは一度頷き、ステータスカードにペンを走らせた。

「よし。最後は奴隷のサインだ」

ルーフェルトはカードの裏面を確認し、「確かに」とつぶやきながらリリスを手招きする。

少女がテーブルのそばに跪き、ペンを握る。淀みない筆記音が、一連の出来事の最後を締めくくった。

第十七話　その前に

「さあ、落とし物も返ってきたことだし、帰った帰った。我々は忙しい」

ルーフェルトがリリスの手錠を外し、ひらひらと手を振る。

サナトが立ち上がり扉に向かう。だが、思い出したように振り返るとベアンスに近付き両手を差し出した。

「ベアンス様も落とし物捜索にご協力いただきありがとうございます。今後ともよろしくお願いします」

ベアンスが苦笑して片手で握り返す。

「今度からは事前に相談してほしい。落とし物を捜すのは大変なんだ」

「肝に銘じておきましょう」

サナトが微笑んだ。今度こそ扉を開けて出ていく。最後にルーフェルトの一言が届いた。

「これからどこに行くつもりだ？」

「色々あったのでこの街を離れようかと」

「なら、遠回りになるが南側から行くことを勧める。比較的人通りが多い」

サナトはその言葉に驚き、目を丸くする。

「まさかそんなご忠告をいただけるとは……」

「勘違いするなよ。街の外は我々の管轄外だ。ただ……お前にはどうやら余計なことだったようだな」

「いえ、ご忠告感謝します。できれば穏便に、という思いはありますが、大方予想通りの展開になるでしょう」

「……早々に我々に嫌な報告書を読ませるなよ」

サナトは軽く頷いて扉を閉めた。すぐ後に続いたリリスと二人分の足音が遠ざかっていく。

ルーフェルトがやれやれとつぶやきながら酒瓶を豪快に呷った。

「班長があそこまで気を回すのは珍しいですね」

ベアンスがルーフェルトの表情を窺うように話しかけた。

「いい金づるだったからな」

「……本当のところは違いますよね？」

「ふん。ステータスカードを見ただろ？　あの豪胆さでレベル8だぞ。カードの偽造は不可能なはず。俺も最初は見間違いだと思った」

「見たことのない《浄化》というスキル以外は初級魔法だけでしたっけ？」

「ああ。あの程度ならそこらにごろごろいる。相方に買ったお嬢ちゃんはレベル12だ。ザイトランはあの二人でどうこうできる相手じゃない。何をやっても敵わんだろう」

「殺られますかね？」

「分かりきったことを聞くな」

「助けに行きますか？」

「バカを言うな。憲兵は誰の肩も持たん。厄介なやつを煽ったのはあいつの責任だ」

「次にあの店に行った時に、お嬢ちゃんがいたら嫌だなあ……どんな顔をしたらいいのやら」

「嫌なら見なければいいだろう」

「え？　だってかなりの美少女ですよ？　店にいると自然と目を引かれて――」

「……貴様はしばらくあの店には出入り禁止だ」

ルーフェルトがベアンスを鋭くにらみつけた。

＊＊＊

二人は通りを歩いていた。

サナトが前を、リリスがその右後ろに三歩ほど遅れて続く。白いワンピース姿の少女は儚げで美しく、通行人の目を引いている。中には無遠慮に舐めるような視線を送る者もいる。

だが当の本人はそんな視線など気にせず、ずっと思いつめた表情だ。

「まずはリリスの服が必要だな」

目立つことは十分に予想できた。サナトはなぜ羽織るものを事前に用意していなかったのかと悔やむ。振り返り、リリスをじっと見つめた。

浮かない顔で下を向いている。

「どうした？　せっかく手かせが外れたというのに嬉しくなさそうだな」

「……このあと、どうなるかご存じなのですよね」

サナトは少女の問いに肩をすくめる。「何を今さら」と続ける。

「運悪く通りすがりの盗賊に襲われて、リリスは連れ去られるかもしれないな」

「そこまで分かっていて……」

「事前に相手の情報を調べればだいたいのやり口は分かる。店を持つ男ならなおさらだ。噂話も多い。リリスはよほどあの男が怖いようだな」

「――っ」

リリスの顔が勢いよく上がる。アメジストのような瞳に薄らと涙が浮かんでいる。

サナトは質問が悪かったか、と思いつつ問いかける。

「ザイトランの金儲け（かねもう）けの道具にされてから、何度こんなことがあった？」

「……二度です」

「その度に奪い返されたのか？」

リリスが悲愴（ひそう）な表情で頷く。薄い唇をきゅっと噛んでいる。

「私を買って……すぐに二人とも殺されました」

「殺されたか。どの程度のレベルだった？」

「買ってくれた人ですか？　一人は30を超えていたと思います」

「なるほど。それはトラウマにもなるな。思っていた以上の悪党だったわけだ。取り戻すだけじゃなく殺すところまでが商売だったとは」

サナトはゆっくりとリリスに近付き、震える華奢な肩に軽く手を置いた。心なしか体が冷たくなっていた。

言葉を和らげて少女に語りかける。

「何を怖がる？　またあの店に戻るのが怖いのか？」

「違います。私は……私は戦うのが怖いんです」

リリスがサナトを見た。大きく揺れる瞳が少女の心情を物語っていた。

「もうあんな場面を見るのは嫌なんです。もし次にこんな機会があれば、二度とあの男の道具にされないように、私も戦って死んでやろうって考えていました」

リリスが一息に言い切り、続ける。

「助けてくれたことにはすごく感謝しています。でも、私は強い方じゃありません。レベルだって低いし、今から同じ結果になると思うと……戦うのが怖いんです。あの男は刃向う敵に容赦しません。以前殺された方は最後まで苦しめられました。私だって、たぶんそうなるでしょう。もし死ねなかったら……どんなひどいことをされるかと思うと……震えが止まらないんです。だから――」

「自分は不幸だと？」

「違いますっ！　せめてあなただけでも逃げてもらえたらって……」

詰め寄るリリスにサナトは笑う。

「それはできない相談だ。危ない橋を渡ってまで手に入れたんだ。盗賊に付け狙われた程度で手放す気にはなれない」

した。

「――っ、そんなの分かりきってるじゃないですか！　だって、あなたのレベルは――」

唇を震わせ、訴えるように放たれかけたリリスの言葉を、サナトは片手を持ち上げて制した。

人通りの多い場所で叫ぶのは良いことではない。ただでさえ注目されているのだ。

「言いたいことは分かった。だが、俺はリリスが欲しいから、色々と策を練って手に入れたのだ」

「……そのことには本当に感謝しています」

「俺に買い取られたはずなのに、リリスは未だに店に囚われたままだ。まずはこれを取り除かないとならない。そうしなければ安心してすべてを委ねてくれないだろ？」

サナトは不安を隠せないリリスに自信に満ちた顔を向ける。

「心配はいらない。新しい力を手に入れたところだ」

虚空を見つめるサナトを、リリスが見上げる。

果たしてその言葉を信じて良いのか、それとも単なる見栄なのか。

少女の瞳はどちらとも言えない感情を湛えている。少しの間迷い、サナトに問いかける。

「でも……死ぬことになります。絶対にザイトランには勝てません」

「すごい自信だな。未来でも視えるのか？」

それは少女がほんのわずかとはいえ前に進もうとした証拠。小さな期待が芽生えたのかもしれない。

「何か作戦があるのでしょうか？」

「作戦というよりは……力業（ちからわざ）と言った方が近いだろうな」

少女の問いに男ははっきりと答えなかった。代わりに、静かに笑みを深めた。

第十八話　意志

「あの、やはりバルディッシュだけというのは……」

街の外に向かうにつれて、リリスは徐々に表情を強張らせていた。彼女にとっては死刑宣告を待つようなものなのかもしれない。与えられた銀製のバルディッシュ――長い柄に斧の刃が付いた武器。三日月斧（みかづき）とも呼ばれる――をお守りのように胸の前に抱えている。装備は身につけていない。

森から流れ来る柔らかい風が、肩を露出させる真っ白なワンピースの裾（すそ）と、長い薄紫色の髪をふわりと揺らした。

「リリスの希望通りのはずだろう。それに、ＭＰが無くても使えるように、魔法武器も買っただろ」

「そうですけど、やっぱり武器だけっていうのはおかしいです……」

サナトはあの後、リリスを連れていくつかの服屋に入った。

目立つのを抑えたかったのと、可愛らしい服を与えたかったから。

しかし、リリスはこれから起こるであろう出来事が頭から離れないのか、何を聞いてもうわの空だったのだ。

サナトも灰色のローブを買ったが、それを見ても興味を示さなかった。それどころか、能天気な様子の主人に苛立っていた。

「これが形見（かたみ）になるんだ」という言葉をつぶやいていた。

サナトは少しばかりため息をついた。

「まともに服も装備も選べない精神状態では、俺がまったく楽しめないんだ。それならとりあえず武器だけでいい」

「だからと言って、少し扱える程度の武器だけではあなたの戦力になれません。敵はザイトランとガーズなんですよ！　戦闘経験だって桁違いなんです！」

「問題を先に片付けると決めた時に『武器だけは欲しい』と言ったのはリリスだ。だからそれだけ先に用意したんだ。服と違ってこだわりはないしな」

「そっ、それはそうですけど、でもこれではあなたの盾にすらなれません」

リリスは唇を噛みしめてバルディッシュをぐっと握り、今にも泣きそうな顔でサナトの表情を窺う。

「勘違いしているようだが、今回はリリスを戦わせるつもりはまったくない。俺一人でいい」

「……えっ？」

リリスの顔がみるみる青ざめる。

「そんなの無茶ですっ！」

悲痛な叫びが響いた。リリスが怒りと失望と混乱をない交ぜにしたような、複雑な表情でサナトに噛みついた。

「生き延びる作戦があるんじゃなかったんですか⁉」

「そんな作戦はない。力業だと言っただろう」

「でもっ、あなたのレベルは8なんですよっ⁉　私だって12しかないんです！　力業なんて通用するわけないじゃないですか」

「……店で見た時はもっと冷静なやつだと思ったのだが、意外と激情家だな」

「茶化さないでくださいっ！」

サナトは「悪かった」と言いながらも苦笑いするだけだ。

その様子をあきらめと感じたのか、リリスの表情が途端に曇っていく。目が泳ぎ、沈んだ声で尋ねた。

「もしかして……もうどうなっても構わないと考えておられますか？　教えてくださ

い……私も少しは覚悟していますから」

「おいおい……ちょっと落ち着け。泣いたり、あきらめたり、絶望したりして混乱するのは分かるが、俺は死んだっていいとは一度も考えていないぞ。切り抜けてみせるつもりだ」

「……できるんですか？」

「ああ。何も問題は無い。先ほど解決した」

リリスが息を呑む。

「でも、さっきは何もおっしゃらなかったのに……」

「歩いているうちに……まあ、新しい手段が見つかったのだ」

「そんなことが？」

リリスの双眸が大きく開かれた。サナトは質問に答える代わりに人の悪い笑みを返す。大げさに両手を左右に広げて空を仰ぐ。

「それに、まだやりたいことを一つもできていないしな」

「……やりたいこと……ですか？」

「ああ。色々あるが……手始めにリリスに『ご主人様』と呼んでもらいたいな。奴隷として買い取ったのに、いつまでも『あなた』呼ばわりでは、どうも酒場の店員が隣にいるようで味気ない。もう少し慕ってほしいものだ」

「すみません……その……」

「可愛い服を着てもらって、俺の物だと自慢もしたい。世界にはこんな美しい少女がいるんだ、とな」

リリスが少しだけ顔を赤らめてうつむく。

「あ、ありがとうございます」

「リリスもやりたいことがあるなら遠慮なく言え。俺もなにか思いついたらリリスに頼む。あっ、言っておくが俺の願いをリリスは拒否できないからそのつもりで」

「……はい」

ようやく小さな笑顔を見せたリリスにつられてサナトも笑う。

「心配するようなことは何もない。それとこの件が終わったら、一度ゆっくり話をしようか。俺達のスタートはそこからだ」

「はいっ」

サナトが再び歩き出した。

後ろに続くリリスの武器を握る手が幾分弱くなった。サナトの灰色のローブをしっかりと見つめ、一歩だけ近づいた。

＊＊＊

《神格眼》を有効にしているサナトの視界には、様々な情報が飛び込んでくる。モンスターの影、自生する薬草の名、アイテムの落とし物。

その中に、できれば出会いたくない人間の名前が見えてきた。HPとMPも共に満タンである。最初から弱っていることは期待できないらしい。

「とうとう来たか。やはり奪い取るまでが商売か」

サナトの唾棄するような一言にリリスがびくっと体を強張らせた。遅れてサナトの視線の先を追い、震えだしそうな声で問いかける。

「ど、どこに?」

リリスはきょろきょろと様々な場所を見つめるが、当然見つけることはできない。遠くに隠れている人間を見つけるのは至難の業だ。

落ち着かないリリスをよそに、サナトは敵の数を数える。

「一、二、三……六人か」

「……六人もですか?」

「ああ。ザイトランとガーズの他に四人もいるな。大歓迎といったところだ。絶対に逃がす気はないらしい」

絶望的な状況がさらに悪化したことを知り、リリスの顔から血の気が引いた。

「み、見間違いではないですか？　以前も護衛はガーズ一人でしたし。それに私にはまだ見えません……」

リリスは期待を込めた表情で言ったが、サナトはその可能性を一蹴する。

「森に隠れながら、この大きな道を挟む形で四人と二人。二人はザイトランとガーズの組み合わせだ。その場から動いてない。間違いないだろう」

サナトはリリスに、窮地にあることをはっきり伝えた。だが、彼の足は止まらない。危地に進んでいると分かっているのに淀みがない。

リリスは置いていかれないようにと、強張った顔でサナトの後を追う。時に立ち止まり、周囲を見回しては慌てて追いかけることを繰り返している。

「止まれ」

サナトが左手を上げてリリスを制止した。同じタイミングで数人の男達が姿を見せる。サナトの言う通り六人だ。

通路の右側の森からザイトランとガーズ。正反対の森から四人の盗賊風の男達。挟撃する形だ。

「誰かと思えば……奇遇じゃねえか。またこんなところで会うとは。おっ、なんてことだ。どうしてリリスが隣にいやがるんだ？　憲兵に連れていかれたはずなのに」

にやにやと笑うザイトランは、見るからに高級そうな装備と毒々しい色の短剣を持っている。すでに抜き身の状態の刀身は鈍い光沢を放っていた。

後方に控えるガーズもまた長大な剣を抜き放ち、いつでも飛び掛かれるような体勢だ。

「つまらない芝居が好きなやつだ」

サナトは冷たい声で言い、二人を眺める。

「ん？　意外だな……その様子だと、こうなることが分かってたのか？」

毒気を抜かれた様子のザイトランが、驚いた顔でサナトを見た。

「まあな」

「不幸にも俺達に襲われることが分かってて、わざわざ人通りの少ないこの道を？」

「そうなるな」

「くくく……最初からよく分からんやつだったが、頭が切れるのか、よほどのアホなのか。レベルを知った今となっちゃ、ただのアホだがな」

「どうせ、手下を見張りにつけて俺達をつけていたのだろ？　まあ俺も、やるなら人目に付かない場所の方がありがたい」

「自分の断末魔を聞かれたくないからか？」

「いいや。見られると死体の始末が面倒だからだ」

ザイトランが目を丸くした。そして大きく吹きだす。周囲の男達も大爆笑だ。

リリスがサナトの背中を改めて見つめ、後ろでぐっと体に力を入れた。

「レベル8の雑魚が、俺を殺せると思ってやがるとは……ひぃ……腹がいてぇー、くくくくく」

「怖いからこんなに連れてきたのではないのか？」

「はぁ？　よほど頭の中がお花畑のようだな。そんなはずないだろ。てめえを殺すのなんざ、俺一人で十分に釣りがくるんだよ。なっ、リリス！　お前は俺の怖さを知ってるもんな？」

サナトの陰に半分隠れるように立っていたリリスに、まとわりつくような視線が向けられる。

リリスが反射的に体を強張らせたが、ぐっとバルディッシュを握り、睨み返す。

サナトはそれを見て不謹慎だと感じながらも嬉しく思った。

「お前も災難だよなぁ。こんなアホな男に買われてよう。同情するぜ……くくっ。モテるってのも罪だよなぁ。お前に関わると全員死ぬんだから」

「……違います」

「うんうん。せめてもう少し頭が回るやつだったら良かったのにな。大人しく30万だけ払えば見逃してやったのになぁ。だがもう遅いぞ。俺をあれだけこけにしやがったんだ」

「……私は後悔していません」

リリスの瞳に段々力が入りはじめた。ザイトランがすっと目を細める。苛立たしげな舌打ちが聞こえた。

「アホに何を吹きこまれたのか知らんが、俺に勝てる気になってるなら大間違いだぞ？」

「……そこまでは……期待していません」

サナトがはっきりと言い切ったリリスに苦笑する。「そこは期待していると言うところだろ」とぼそりとつぶやいた。

その様子が癇に障ったのか、ザイトランが二人に凄む。

「なに笑ってやがる！　いかれてんのか⁉　てめえらの前にいるのはこの俺だぞっ⁉」

「分かっています。今もとても怖いです……でも、もう嫌です。もう限界なんです。私が道具として演技をしなければ、店のみんなが罰を受ける……私が買われたら、買った人が殺される……もうダメなんです……だから……」

リリスが嗚咽をこらえながら、バルディッシュをゆっくりと正眼に構えた。

武器の先端が小刻みに震えている。膝も震えていた。

ザイトランがそれを見て目じりを嫌らしく下げながら猫なで声を出す。

「なあ、リリスよ。らしくないじゃねえか。人形みたいなお前はどこ行ったんだ？　分かった、分かった。俺だって情けが無いわけじゃねえ。お前はそのアホにちょっとだけ夢を見たんだろ？　今回だけは許してやるよ。素直に俺の下に帰ってくるって言うなら、男も片腕くらいで見逃してやるよ」

手を伸ばして一歩近付いたザイトランを前に、リリスは震えつつも動かない。

「……そうじゃなきゃ、その男は確実に死ぬぞ？　たかだかレベル8で俺に勝てると思うか？　お前だって痛い目を見るぞ？　俺はお前は殺さねぇ……だが、刃向かうなら罰を与える。死んだ方がましだって思うほど苦しいやつだ。そうなったらお前はもう商品じゃいられなくなる。どうなると思う？」

ザイトランが、にやっと粘着質な笑みを見せる。尋常ではない恐ろしさが見え隠れしていた。

「想像してみろ。ボロボロになるまで犯されるんだぞ。輪姦されてゴミ同然に捨てられて、またゴミみたいな男に買われて犯される。その繰り返しだ。商品価値のないお前の運命なんてそれしかないんだ」

リリスの握るバルディッシュが大きく揺らぎ始めた。視線が泳ぎ、無理やり押さえつけていた体が勝手に震えだす。涙がじわじわとあふれ、一筋の水滴が頬を伝った。

ザイトランが壊れたように嗤う。

「もちろんお前だけじゃない。お前の世話をしていた女も同罪だ。ナルル、シーラ、ミリーナ……仲良かったもんな。そいつら全員がひどい罰を受けるんだぞ？　な？　もう一度俺とやり直した方がいいと思うだろ？」

ゆっくりとうな垂れるリリス。

握っていたバルディッシュの先が地面に落ちた。鈍い音と共に先が少しめり込む。

顔は血の気がなくなったように真っ白だった。

しかし――

「それも考えました……いっぱい、いっぱい考えました。心の中で、みんなに何度も何度も謝りました。でもっ！　もう後悔したくないんですっ！」

正面を睨み返したリリスの瞳に光が灯った。感じられるのはまぎれもない戦う意志だ。

力が体に伝わり、腕に伝わり、手首を通して武器に流れる。白く細い腕が持ち上げられる。

頬には幾筋もの涙の跡が残っている。

だが確実に少女の望みは形になりつつあった。

震えを押さえつけ、バルディッシュを再び持ち上げ――

「もういい」

振り上げようとしたその穂先を、嬉しそうな顔をしたサナトが掴んで止めた。

第十九話　戦力差

呆気にとられるリリスをよそに、サナトはバルディッシュを取り上げる。

「戦わせるつもりはないと言っただろ。言い返せただけで十分だ」

「ですが……」

「それに、武器がそんなに震えていては切れるものも切れないぞ」

サナトは取り上げたバルディッシュを放り投げるように自分のアイテムボックスにしまう。

代わりに取り出したのは銃の形をした魔法武器。トリガー代わりに呪文を必要とするが、誰かに魔法を込めてもらえれば、その回数分だけ使用可能な、いわば魔力充填(じゅうてん)式の武器だ。魔法を使えない者も魔法を使えることになり、MPも必要ない。

「お守り代わりに持っておけ。バルディッシュよりは多少ましだ。《ファイヤーボール》を込めている」

「えっ？」

ぽかんと口を開けたリリスが、無理矢理持たされた大きな銀製の銃をまじまじと見つめる。

「どうした？」

「……これをどうすればいいんですか？」

「ん？　ずっと突っ立っているのもおかしいと思ったのだが」

「い、いえ……そうじゃなくて……」

リリスは視線を泳がせ、口を開けて閉じることを繰り返す。その様子を見て吹きだしたのはザイトランだ。

「魔法武器にどんな隠し玉を仕込んでいやがるのかと思えば、《ファイヤーボール》だと！　よりにもよって、ド素人魔法じゃねえか。ガキでも使える魔法だぞ。くくっ……ダメだこいつ。マジでいかれてやがる」

嘲笑うザイトランの台詞に、サナトは大仰に肩をすくめた。

「確かにな。自分でもこうなるとは思わなかった」

「あん？」

「気にするな。ただの独り言だ。では、リリスの意志も確認できたし、さっさと始めるとするか」

サナトが敵に向かってゆっくりと片腕を上げた。手の平がはっきりとザイトランの顔に向けられた。

男はいまいましいとばかりに唾を吐く。

「どこまでもなめた野郎だ。ガーズっ」

ザイトランの背後にいた男が長剣を肩に担いで前に進み出た。主よりも拳一つ分以上は背が高い。鷹のような鋭い目がサナトを射貫いた。

レベル41の猛者は一度もしゃべることはない。ただ忠実に主の命に従っている。

「まずは護衛からか……炎よ、我が手に宿れ、《ファイヤーボール》」

流れるように紡がれた呪文と共に、炎の塊が射出された。焼き殺さんとする高温の暴力が一直線に敵に向かう。

ガーズは避けない。剣を上段に構えると、目の前に飛来するその塊を一刀両断すべく振り下ろした。

一陣の熱風が吹き荒れ、ザイトランが大声をあげた。

「雑魚は知らないだろうが、武器スキルには魔法を切る技もあるんだぜっ。《ファイヤーボール》ごときがこいつに通用するはずがないだろうがっ！　――えっ？」

高笑いをした男の脇を、巨大な塊が跳ね飛ばされるように通り過ぎた。遅れて、焼け焦げたような臭いが漂ってくる。

「……えっ？」

もう一度間の抜けた声を上げた。何が通り過ぎていったのか恐る恐る背後を確認した。

途端に大きく顔を歪める。

「ガーズ……っ」

それは人間だったものだ。

つい先ほどまで、頼もしく長剣を振るっていた男の成れの果てだった。焼け焦げた顔が形を成していない。

ガーズが振るっていた長剣をまじまじと見た。

「嘘だ……」

刀身がほとんど無くなっていた。同じ剣かどうかも怪しい。しかし、柄を握ったまま動かなくなった手が、確かにガーズのものであることを示していた。

ザイトランがゆっくりと魔法を放った男に向き直る。

「な……にを？」

「そんなことを気にする余裕があるのか？」

氷のように冷たい男の声色に、ザイトランは背筋を震わせた。何が起こったのかまったく分からないのだろう。

「《ファイヤーボール》ってのは嘘……だな？」

「仮に嘘だとしても、貴様が死ぬことには変わりはない」

「――っ」

最悪の結果を無慈悲に突きつけられたザイトランの顔が、悲愴感に塗りつぶされた。

自分の護衛が一撃で葬られたのだ。当然の反応だ。

だが、ザイトランも数多の経験を積んだ男だ。たとえ窮地に追い込まれようと、慌てるのは一瞬。

残虐な光が再度目に灯る。視線をサナトの背後にいる男達に送る。間髪を容れずに叫んだ。

「やれっ！」

サナトとリリスの背後で、四人の盗賊風の男が散開して攻撃をしかけようと動きだした。

声かけも無しに瞬時にばらばらに動けることが、彼らの経験を物語っている。

だがもう遅い。

「なんだっ⁉」

「こ、これは」

全員が盛大に転んだ。その原因はいつの間にか両足にかかっている手錠のような物体だ。

「《封縛》だとっ⁉」

ザイトランが素っ頓狂な声をあげた。リリスが、自分の背後で転んだ男達を驚いた表情で見つめる。

「《封縛》だな」

おうむ返しで答えたサナトは背後をちらりと確認する。

「リリス、目をつむれ。炎よ……とまあ、もういいか……」

何が何だか分からないまま、言われたとおり目をつむったリリス。

サナトは青空に向けて再び炎弾を放つ。その数同時に四発。まるでホーミングミサイルのように弧を描き、敵に命中する。

結果は言うまでもない。

四発分の熱量が吹き荒れ、その場の温度が一気に上昇する。リリスが届いた熱に顔をしかめた。

「呪文の無詠唱まで……そんなばかなっ⁉　お前らっ！」

ザイトランもようやく異常事態だと認識したようだ。今までの態度が嘘のようだ。ぴくりとも動かない仲間に悲痛な叫び声をあげたが、反応はない。

そして、もう一つの事実にようやく気付いた。己の両足と両手に光り輝く魔法の錠がかかっていたのだ。

「いつの間に……」

顔面蒼白でつぶやいたザイトランに、サナトがゆっくりと近づく。

「さて、魔法のスキルを持たないお前はこの状況でどうするのか。遠距離への攻撃はできるのか」

「――っ」

実験動物を前にしたかのような冷淡な声とともに、サナトが一歩一歩確実に近付いていく。

「てめえ、一体なんだってんだ………わけが分からねえ」

「自分で考えろ。一から説明してやるほどお人よしじゃないのでな」

くそっ、とつぶやいたザイトランだったが、その目はまだ諦めていない。

サナトがもう数歩で触れる距離に来たときだった。

「くらえっ」

毒々しい紫色をした短剣の刀身が伸びたのだ。《短剣術》の技の一つだろうか。

一直線に伸びた刃が目指すのは胸骨の真下。刺されば致命傷の位置だ。

だが――

「弾いたっ⁉」

サナトの前に突然現れた光の壁が、その凶刃を難なく防いだ。それは《光輝の盾》と呼ばれる憲兵なら誰もが持っている魔法だ。

しかし、本来その効果は攻撃を完全に遮断するものではない。ダメージを軽減するだけだ。

「……《解析》とは恐ろしいな」

サナトはザイトランには分からない言葉を発し、静かに頷く。数秒その姿勢で待ち、冷ややかに告げた。

「今ので悪あがきは終わりか？」

ザイトランの顔が憤怒に歪む。だが、言葉は出てこない。

男は何度も腕に力を入れ、足をばたつかせるが、《封縛》がかかっている以上思うように動かない。

呪詛のように「雑魚の魔法のくせに、なぜ壊せないっ」と口を開いては、何度も自分の体に手錠を打ち付けている。

サナトはその様子を眺めつつ、ゆっくりと肩の力を抜いた。

「そうか。それなら、終わりだ。しっかりとあっちの世界で殺した者達に謝ってくることだ」

「くそがっ！」

吠えるザイトランを無視し、サナトはくるりと踵を返すと、虚空に一発の《ファイヤーボール》を放った。

炎弾は静かに赤い弧を描き、寸分違わず男の上に落ちた。

第二十話　凪

「冷や冷やだったな」

「そう……ですか？」

戦いを終えて、再び街に戻る二人の表情は柔らかい。リリスの足取りも憑き物が落ちたように軽い。

「ああ。バランスが悪すぎる」

「そんなことないと思います。あのザイトランに勝ったのですから」

サナトが謙遜しているとでも思い込んだのだろうか。リリスははっきりと答えた。

「ですが、本当にレベル8なのですか？」

「レベルはな」

含みを持たせるサナトの台詞にリリスが首を傾げた。

そのまま迷う素振りをした後、小さく頷いた少女の言葉が続く。

「呪文の詠唱もしていませんでした。それに……とてもすごかったです。《ファイヤーボール》は火魔法初級で覚える魔法ですよね？」

「そうだ。ＭＰさえあればリリスも普通に使える技だな」

「……でも普通じゃなかったです。あっ、そういえばどうして私にＭＰが無いと分かったのですか？」

溢れるように、リリスは質問する。声が弾んでいる。

恐れていたことが無くなった安心感だろうか。ようやく心に余裕ができたのだろう。

サナトは小さく微笑んだ。

そして、頭の中ではもう一人の功労者が『マスターの勝ちー』などとはしゃいでいる。

（実体があれば果物でもおごってやりたいがな……）

今回の戦いの一番の功労者は、間違いなくルーティアだった。

奴隷騒動の間に、憲兵であるルーフェルトとベアンスから《複写》したスキル――《捕縛術》と《護壁》――を使えるように急いで《解析》してくれたのだ。

《捕縛術》の魔法である《封縛》は複数指定を可能にし、強度を最大まで上げた。一人ずつにしか使用できない点と、レベル差があるとすぐに破られてしまうという弱点を一挙に解消した。

《護壁》についても同様に上書きをしている。

《光輝の盾》による対物、対魔法のダメージ緩和率を10％から１００％に引き上げたのだ。

もちろんいずれの魔法も消費ＭＰは１だ。

複数指定も併用して《ファイヤーボール》をガーズ、盗賊四人、ザイトランに——計三回。

同じく《封縛》を盗賊四人とザイトランに——計二回。

最後に《光輝の盾》の１で——６のＭＰを消費した。サナトの最大ＭＰから言えば、ほぼ三分の一を使ったことになる。

（無駄玉を撃つことだけは避けないといけなかったからな……）

魔法が桁外れの威力を持つと言えど、ステータスを《解析》で底上げできない以上は、ＭＰは有限である。

今回の戦いでは特にガーズが脅威だった。

ジョブは武闘家。レベルは41。魔攻が低い代わりに素早さが２００を超えるスピードタイプ。

狙いを定めた《封縛》や《ファイヤーボール》すら、その速度でかわすかもしれないと、サナトはずっと警戒していた。

（ガーズに手こずっているうちにＭＰが尽きるというのが最悪の想定だった。のんびりと回復薬は飲ませてくれないだろう。《神格眼》で動きの先読みはできるが、背後からの攻撃はどうしようもない）

もしも、六人がそれぞれの素早さを活かし、四方八方から攻撃を仕掛けてきたらどうしただろうか。

リリスと自分の周りに《光輝の盾》を張り、攻撃を受け止めた後で《ファイヤーボール》を放っただろうか。だが、ルーティアに補助してもらっているとはいえ、その場合は複数指定の余裕があるだろうか。

かすり傷を受けてもＨＰは瞬く間に回復するが、ＭＰをまた消費してしまう。

どちらにせよジリ貧だったかもしれない。

（ザイトランを挑発すれば、ガーズが前に出てくるという予想が当たって良かった。呪文をわざわざ唱えて油断を誘ったのも良かった。しかし、やはりＭＰの問題は大きい。早いうちに手を打った方がいいな……）

「あの……」

考え込んでいたサナトは、リリスの控えめな呼びかけで我に返った。質問に答えていなかった。

「悪い。考え事をしていた。《ファイヤーボール》の件も、リリスのＭＰの件もそのうち改めて話す。今は先に……荷物の準備をしようか」

サナトはそう言って、ようやくたどり着いた街の門を眺めた。

＊＊＊

サナトは最初に食料を買い込んだ。

肉も野菜も果物も、アイテムボックスに放り込んでしまえば腐る心配はない。冷蔵庫いらずだ。

迷宮に入れば、ダンジョンシザーの爪など食べられるものもあることは分かっているが、食べるものが偏る（かたよ）のは良く無い。バランスは大事だ。

「そんなに……いりますか？」

「分からない。だが、多いにこしたことはないだろう。リリスは結構食べる方か？」

「えっ？　いえ……分かりません……」

目を丸くしたリリスの返答に、自分の食べる量なのにか、とサナトは首を傾げた。

「とりあえず、こんなものか。次はあっちだな」

リリスの言葉は続かなかった。サナトは「仕方ない」と通りの外れを指さす。

もしも足りないと言うのであれば買い足すだけだ。

目指したのは大きな生地や布団を売る店。軒先に様々な模様の布が垂れ下がっている。

「あの、今度は何を？」

「ん？　布団だ」

「布団？」

「布団というよりマットの方が近いかもしれないが」

ぽかんと口を開けるリリスの表情は、小動物のような可愛らしさがある。

「そうだ。まあ微妙な厚さだが、直に地面で寝るよりは格段にましだろう。この前迷宮に潜った時に痛感した。こうやって丸めておけばアイテムボックスにも入るだろ。言ってなかったが、俺のアイテムボックスは一番大きなやつだ。リリスは持っていないのか？」

「え？　……は、はい」

「そうか。街を出る以上は、色々と必要なものも多いだろ。後で同じものを買ってやる」

「……え？」

「さっきからどうした？　まさか布団も食べ物も見たことがないわけじゃないだろ？」

「えっと……その……」

リリスは両手を胸の前でもじもじさせて言い淀む。

購入した二つの布団を丸めて乱暴にボックスに放り込もうとするサナトの背中を見て、ようやく口を開いた。

「布団は一つで良かったのではないでしょうか？」

「……はっ？」

サナトが驚いて勢いよく振り返った。

ボックスに入り損ねた布団が店の床に転がり落ちた。そのままサナトの足に当たる。

思考に一瞬の空白が生まれた。

まず心中に浮かんだのは「リリスは一体何を言っているんだ？　本気か？」というものだ。

そして遅れてやってきた想像は、とても口には出せないピンク色の世界。異世界に飛ばされ、そういう経験から離れていたサナトは体を硬直させた。

だが、頭の冷静な部分が「それは違う」と警鐘を鳴らす。勘違いの可能性が濃厚だ。

「……リリスは……一つの布団の方が良かったのか？」

サナトが言葉を選んで慎重に確認する。少女が何と返事をしても、自分は大ケガをしない言葉だ。

視線は明後日の方向を向いている。

途端に――

リリスの顔が一瞬で真っ赤に変わった。両手を前に突きだし、ぶんぶんと力強く首を左右に振る。

雰囲気が変わったサナトが、自分の言葉をどう受け止めたのか理解したようだ。

「ち、ちがいます！　そういうんじゃなくて、奴隷に布団はいらないって言いたかっただけなんですっ！」

店の前で「だろうな」とため息をつくサナトと、目いっぱいの声で否定するリリス。

店員が舌打ちをして二人を苛立たしげに眺めている。まだ金を払っていない。

サナトの表情にほんの一瞬、失望が広がった。しかし、プライドの高い彼は冷静を装って言い繕う。必要以上に力を込めて、布団を拾いあげた。

「ちょっとからかっただけだ。そんなに必死にならなくてもいいだろ。傷つくぞ」

「あっ、すみません……」

サナトは心臓に杭でも打ちこまれたような痛みを堪え、乾いた笑い声をあげて肩を落とした。

第二十一話　教えられない

リリスが建物を見上げた。

体よりも遥かに大きい模様が描かれた茶色の扉を、息を呑んで見つめている。

ここはいわゆる服の何でも屋だ。現実の服屋と違い、カテゴリー分けはない。

街を見回せば、皆ゲームで見るような服を着ているが、珍しいものもちらほら見かける。

「入らないのか？」

サナトはためらうリリスに入店を促した。店の扉は開いている。

すでに中の女性店員がにこやかにリリスとサナトを見ているが、少女は未だに頭上の看板に圧倒されて動けないでいる。

精巧（せいこう）な造りのうえ、木ではなく石材に宝石をあしらった高級なものだ。作るのにどれだけの労力が必要なのか見当もつかない。

「ここで服を買うのですか？」

「服屋で他に何を買うんだ？」

サナトは首を傾げる。

ここに来たのは実は二度目だ。ザイトランの店に行く前に服を仕立ててもらった店なのである。お得意様ではないが、店の雰囲気は知っている。

「お客様のような若い方は、あまり整った服装よりも多少ラフに着崩した方が女性に好感を持たれますよ」と目的を見抜いたかのような店員の台詞に肝を冷やしたことがあった。

もちろんその時の高級スーツは、アイテムボックスに折りたたんで入れてある。

「私の服をですか？」

「そのワンピース以外に持ってないのだろ？」

「……はい」

「それとも、その服に思い入れがあるのか?」

「いえ、決してそういうわけでは……」

サナトはため息をついた。まだリリスは遠慮しているのだ。

色々と聞いたところ、店では与えられた物置部屋の床に転がって寝る毎日だったらしい。

奴隷は床で寝るものだとザイトランに言われたのだ。

食べ物も店の女性達に出されたものの残りで、量を気にする余裕はなかったそうだ。

ただ、店の商品の一部として扱われていたために、身なりだけはきれいにさせられていたのだと。

(そんな生活をしていれば、儚く見えるはずだ。栄養失調ぎりぎりの状態だったのかもしれない)

リリスの話では、店の切り盛りは受付にいた年長の女性が実質すべてこなしていて、ザイトランは指示と貧困にあえぐ女性の勧誘だけをしていたそうだ。

ちなみに、魔人であるリリスを一部の同僚は嫌っていたらしい。

「ワンピースが好きなら、似たようなものを選ぶといい」

これまで恵まれた生活をしたことのないリリスには買い物の経験が無い。サナトは遠慮するなと言ったが、自分がどんな服を好きなのかすらわからないのかもしれない。

「いらっしゃいませ」

タイミングを見計らっていた女性店員が、とうとう入り口付近にやってきて頭を下げた。

サナトは内心ため息をつきながらも、その誘いに乗っかる。

「さあ、リリス。入るぞ」

「ま、待ってください」

サナトは堂々と店内に入った。遅れてリリスがぱたぱたと続いた。

＊＊＊

「先日はお越しいただき誠にありがとうございました」

そう言って店員は再び店内で頭を下げた。どうやら服を仕立てたサナトのことを覚えているらしい。

「今日はこの子に似合う服を何着か見繕(みつくろ)ってほしい。普段着と、あと……下着も適当に」

最初はリリス本人に選ばせようと思っていたが、今の様子では難しいだろう。

この世界の服は魔法の力なのかサイズが変わる。気に入った服のSサイズが無い、といった心配が無いのはありがたい。

「可愛らしいお嬢さんですね」

綺麗な服を前にして、おろおろと落ち着かないリリスを、微笑ましそうに年配の女性が眺める。

「ワンピースがお好みですか？」

「いや、特にそういうわけではないようなのだが、今着ている服に近いものがあれば、それも見せてやってほしい」

「かしこまりました。少しの間、お連れ様をお預りしてもよろしいですか？」

「ああ。適当に頼む」

「お客様はどうされますか？」

「そこら辺をうろついている。終わったら声をかけてくれ」

サナトはリリスを手招きで呼ぶ。あとは頼む、と言い残して二人から離れた。

＊＊＊

「……長い」

サナトは二階建ての建物の店内をすでに三周している。

けれど、まだ店員から声がかからない。

近くを通り過ぎるたびにちらりと確認しているが、女性店員があれやこれやと話しかけ、それにリリスが小さく頷いたり首を振ったりするシーンばかりが続いている。

「なぜ、服と下着を数着買うだけでこんなに……」

声に疲れが滲んだ。

実は彼も一つの服を選んでいた。それはよくあるメイド服だ。

二階の隅を通った時に見つけたものだ。一周目では自重し、二周目で手に取った。

日常使いには向かないが、ブリムがセットになったモノトーンの衣装を、いつかリリスに着てもらいたいという邪な想いが膨らんだ結果である。

（異世界の奴隷と言えばこれだと思うのだが……まだだろうか……さりげない感じで持っていかないと、俺が着せたくて着せたくて仕方ないように見えるじゃないか）

サナトは一階の遠くから二人の様子を何度も窺う。

店内に彼女ら以外に客がいないのが救いだ。どう見ても危ない男だということにサナトは気付いていない。

そのまま何分過ぎただろうか。

ようやく、リリスと目線を合わせるように膝を曲げていた女性店員が、ゆっくりと腰を上げた。

店内をぐるりと見回す。

すぐにサナトと目が合った。返事の代わりに、服を持っていない方の手を上げた。

「お待たせして申し訳ありません」

店員が頭を下げてやってくる。

釣られるように、リリスも慌てて頭を下げた。

「いや、それほど待ってはいない。俺も珍しい服に目を奪われていたのであっと言う間だった。ところで、ついさっき偶然にもリリスに似合いそうな服を見つけたのだ」

サナトは努めて自然に、メイド服を二人の前に差し出す。

店員が首を傾げる。

「リリスさんはサナト様の奴隷と伺いましたが、メイド用の衣装でよろしいのですか?」

「ああ。俺はあまりそういったことは気にしない」

この世界で奴隷をメイドにするのは一部の貴族だけだ。それ以外では奴隷にこういう服を着せることは少ない。

事実、サナトも長い異世界生活で見たことは無かった。

(さすが、客対応の上手な店員は違うな。控えめなリリスから自分の身分どころか俺の名前まで聞き出したとは……侮れない)

サナトが感心していると、リリスがおずおずと前に出てきて、差し出されたメイド服を受け取る。

初めて見る衣装をまじまじと見つめ、少しだけ嬉しそうに頬を緩めた。

店員がそれを見て小さく微笑む。

「これを……ご主人様が私に？」

「……ん？」

サナトは耳に飛び込んできた単語に首を捻った。リリスが、たった今、自分を「ご主人様」と呼んだように聞こえたのだ。

聞き間違いかと思って確認する。

「リリス……今？」

「ご、ご主人様……とお呼びしました」

声が尻すぼみに小さく、か細くなった。視線もサナトの足下を見るだけで目を合わせようとしない。

真っ赤になったリリスが、メイド服を自分の小さな胸に押し付ける。

今にも消え入りそうな様子だ。

（確かに、そう呼んでくれとは言ったが……）

サナトは、リリスがなぜ呼び名一つでここまで恥ずかしがるのか、見当がつかなかった。

しかし、少女の様子を見ていると、とても大事なことのように感じ、気恥ずかしくなる。

何と声をかけようかと迷って、頬をかいた。

「サナト様が選んだ服ですから、リリスさんにとてもお似合いになると思います」

何とも言えない雰囲気の中で、店員が絶妙なタイミングで助け船を出した。

リリスが胸に押し付けている服に優しく手を伸ばし、丁寧に広げて、少女の体に当てる。

サナトとリリスの二人に見せる意味があるのだろう。

見た目は少し大きいが、着ればサイズは自動調整されるはずだ。

リリスがそれを見て瞳を輝かせた。優しくパフスリーブ——ふわりと膨らんだ形状の袖——を触っている。

「良く似合うはずだ」

「ありがとうございます！」

サナトは花のような笑顔を前にして、心が温かくなる感覚を味わっていた。

こんなに喜んでくれるなら、さっさと持ってくれれば良かったと後悔した。

「ところで、俺が選んだ服以外は決まったのか？」

「はい。リリスさんに選んでいただいて候補(こうほ)は決まったのですが……どうも最後はサナト様に許可して欲しいようでして」

苦笑する店員が、側にあった棚(たな)から真っ赤なドレスを取り出した。

サナトは思わず顔が引きつりそうになった。

それはどう見ても派手な衣装だ。

肩にかかる紐(ひも)といい、ネグリジェに近く、胸元も大きく開いている。色も原色の赤だ。

夜の仕事ならまだしも、普段着に使える代物ではない。

（間近にいた人間がこんな衣装ばかり着ていたからか……だが、リリスが初めて選んだものだ）

すぐさま購入を決心したサナトに、店員が別の棚からいくつもの服を持ってきた。

「リリスさんが選んだのはお一つですが、何着か欲しいというご要望でしたので、勝手ながら私の方で用意いたしました」

店員が流れるように次々と服を広げてサナトに見せる。

シックな物から、淡い色の服、今まで着ていたワンピースに近い物や上下セパレートタイプの服も含めて数点があった。

だが、いずれも普段着にと思い描いていた物に近い。サナトは満足げに頷いた。

「下着はこちらの袋にご用意しました」

差し出されたのは小さな布袋だ。店の看板のシンボルが縫われた手がかかった袋だ。

さすがにこちらは中を開けて一枚一枚確認することはしない。

「何から何まですまない。すべて貰おう。いくらだ？」

そう言ったサナトの言葉を聞いて、嬉しそうにしていたリリスが驚いた表情に変わる。

「ご主人様、すべて買われるのですかっ？」

「当たり前だ。どれも生活に必要なものだ」

（まあ、余計な服も混ざっているがな）

サナトは店員に言われたとおりの額を支払う。リリスが目を丸くして眺めていた。

「たくさんのお買い上げ、誠にありがとうございます」

「いや、こちらこそ助けてもらってすまない」

女性店員がにこりと微笑んだ。

そして、何かに気付いたのかちらりとリリスを確認する。

「差し出がましいことをお聞きするのですが……リリスさんは下着の着け方はご存じなのですか？　まだ上は着けておられないようですが」

「着け方……だと？」

サナトはさすがに答えることができずにリリスの方を振り返る。リリスが悲しそうな表情で小さく首を左右に振った。

奴隷の少女はどうやらまったく下着を着けたことがないらしい。

第二十二話　ご主人様

「着けたことはございますか？」

「いえ……ありません」

「私でよろしければお教えすることはできますが」

店員がリリスからサナトに視線を戻す。

渡りに船とはまさにこのことだ。どうすれば良いのか迷っていたサナトは、親切な店員の言葉に即座に跳びつく。

「いい機会だ。是非教えてやってほしい」

「かしこまりました。年齢的には遅いくらいですので、その方が良いかと思います。お買い上げいただいた下着を使用してよろしいですか？」

「ああ。好きにしてくれ」

「承知しました。併せて服も替えられますか？　そちらのワンピースはだいぶ傷んでいるようです。当店で処分もできますが」

「リリス、それでいいか？」

様子を窺うとリリスはおろおろとサナトを見返す。

「い、いいんですか？」

「もちろんだ。せっかくリリスに服を買ったのだ。新しい服を着て見せてくれ」

即答したサナトの台詞にリリスの顔が綻んだ。

少女が「じゃあ……そうします」と言って、抱えていたメイド服を隣の棚に置いた。

そしてわずかに頬を染めて、ワンピースの裾を両手でめくってゆっくりと脱ごうとした。

だが、形の良い白いへそまで見えたところで、サナトは何とか裾を押さえつけることに成功する。

(危ない。見ていたのが俺と女性店員の二人だけだったからいいが、この瞬間にも新しい客が来るかもしれない。他人には絶対に見せたくない)

サナトは「習慣は怖いな」とつぶやき、小さくため息をついた。

店員がその様子を苦笑して眺めている。奴隷の中にはこういうふうに着替える者が多いのかもしれない。

「どうして……ですか?」

戸惑うリリスにサナトは店の奥にあるスペースを指さす。

「今まで着替える時にどうやってきたのか知らないが、こういうきちんとした店にはフィッティングルームというものがある。人前で裸にならなくて済むようにな」

サナトは動揺を悟(さと)られないように、まくしたてるように教えた。

店員がその後を引き継ぐ。

「当店では着替えはあちらでお願いしております。リリスさんも、こちらへどうぞ」

手で店の奥のフィッティングルームを示す。

リリスがサナトの方を見た。確認の意味だろう。

「行って着替えてくるといい。それと下着の着け方もしっかり教えてもらってくれ」

「はい……」

リリスが再びメイド服を抱え、小さく頷いて店員の後に続く。サナトの耳に離れていく二人の会話が聞こえる。

「リリスさんは色や形の希望はありますか？」

「い、いえ……あんまりそういうのは分からないです」

「そうですか。では最初は簡単なものからにしましょうか。服はどうなさいますか？」

「あっ、服はこれがいいです」

リリスがはっきりと主張した。ただ、手にしたのはメイド服である。

腕組みをして横目で窺っていたサナトの顔が引きつった。慌てて大きな声を出した。

「リ、リリス！　その服はまた今度にしてくれ！」

振り向いた少女の顔がみるみるうちに曇る。

今の言葉をリリスが絶対に良い意味で理解していないことは明らかだった。納得させる言い訳を続けなければ、と頭をフル回転させる。

「……ダメ……ですか？」

（ダメじゃない。ダメじゃないんだが……そんな服で一日中近くにいられると俺の方がまずいことになる……）

サナトは口に出せない思いを必死に心の底に沈めた。

「その服は普段着ではない。何か特別なことがあった時のみ着るものだ」

「特別……ですか？」

「ああ。だからこれからぼろぼろになっても困る」

その一言でリリスの顔に得心が広がった。サナトはほっと胸を撫で下ろす。

「では、これなどいかがですか？　動きやすいですよ」

女性店員が袋の中から上下セパレートタイプの衣装を取り出した。現代で言えば少し肩の膨らんだ白いフレンチスリーブのシャツと、濃緑のスカート風のショートパンツに近い。

普段着として素晴らしい選択だった。サナトはますます店員に感心する。

「……どうでしょうか？」

「いいと思うな。うん」

ではこれでお願いします、と言ったリリスと店員が二人して広いフィッティングルームに入っていった。

「待てよ。そう言えば……」

サナトは二人をぼんやりと見送ってから、昔読んだ漫画の話を思い出した。フィッティングルームに一人の女性が入った後、その床の底が落とし穴になっていて誘拐されるというものだ。

（連れの俺がいるのに、まさかとは思うが……）

サナトは《神格眼》を有効にする。

予想通り、薄いカーテンを貫通して、二人のステータスバーと名前表示が見えるようになった。

透視はできないようだが、確かにそこにいるようだ。

（これは……）

店員の名前表示が、リリスの名前表示の下に下がり、その位置で止まった。二人が何をしているのか嫌でも想像してしまう。

「……何をやってるんだか」

サナトは《神格眼》の間違った使い方にあきれ果て、すぐに無効に切り替えた。

＊＊＊

フィッティングルームから女性店員――《神格眼》ではシドニー――が一人出てきた。

くすくすとほほ笑んでいる。

サナトは首を傾げて問いかける。

「何かあったのか？」

「これは失礼いたしました。あまりにお連れ様が可愛らしかったもので」

「手こずっているのか？」

「手こずっているのもありますが……それよりも……」

シドニーが少しだけバツの悪そうな顔をして口元に手を当てる。

しゃべりすぎたと言わんばかりのポーズだ。そして頭を下げた。

「サナト様、申し訳ありません。どうしても気になるのであれば、リリスさんに直接お聞きいただければ……」

「いや、別に構わないさ」

シドニーの様子から特段追及すべき問題ではないとサナトは判断した。リリスが必死になりすぎて可愛いミスをやらかした程度だろう。

「今は？」

「少し練習がしたいそうです」

「……そうか」

二人の間にしばらく無言の時間が続いた。

それを破ったのはシドニーだ。

「老婆心ながら、出過ぎたことを申し上げるのをお許しください」

「……ん？」

シドニーが優しく微笑みながらサナトを見た。

「サナト様は奴隷の呼び方をご存じない様子」

「……奴隷と呼ぶか、名前で呼ぶか、どちらかではないのか？」

「いえ、そうではなく奴隷側から所有者様に声をかける場合です。リリスさんは最近まで『ご主人様』という呼び方をしていなかったのでしょう」

「確かにそうだ。リリスにはしばらく『あなた』と呼ばれていた」

「その呼び方が変わったのは今日でしょうか？」

「……記憶ではついさっきが初めてだ。色々あってな」

「なるほど」

サナトがシドニーに窺うような視線を向けた。

「何が言いたいんだ？」

「奴隷は自分の所有者に対し、普通は名前に様をつける呼び方をします。他人に説明する際は『主人』と言います」

「つまり？」

シドニーがくすくすと笑う。

「奴隷が『ご主人様』と敬愛を込めて呼ぶのは、心から忠誠を尽くすと決めた時だけですよ」

「……はっ？」

「何か大きな心変わりがあったのでしょうね」

ゆっくりと言葉の意味が脳に染みこんだ。サナトは頭の中で何度も反芻する。

リリスが忠誠を尽くすと決めた、と。

(確かに、そういうことならあんなに恥ずかしがる理由は説明できる。いや、それなのになぜ恥ずかしがる？　……本当か？　これはかつがれているのではないか？)

サナトの思考はぐるぐると混乱する。

(忠誠を尽くすとはどういう意味だ？　奴隷の忠誠とは……ダメだ。まだ確定情報ではない)

「あっ、終わったようですね……これからリリスさんを大切にしてあげてください」

「ま、待ってくれ……今の話は本当か？」

サナトが慌てて引き止めた。

シドニーがくるりと振り返る。悪戯っぽい笑みがその顔に浮かんでいる。

「本当です」

「だが……なぜそんなことを知っている？」

「私が昔、リリスさんと同じだったからです」

一言で言い終え、少しだけ表情に影が降りた。だが、一瞬で営業スマイルに戻ると、言いたいことは言い終えたとばかりに、シドニーはフィッティングルームに向かう。

サナトは小さくうなる。

（奴隷だったのか……）

シドニーがリリスを迎えに行き、連れ添って歩いてくる。

美しい少女の装いががらりと変わっていた。

慣れない服に戸惑いながら、サナトの目の前で恐る恐る両手を広げる。

似合っているかの確認だろうか。魅力的なポーズを取ることまでは考えつかないらしい。

「ご主人様？　どうかされましたか？」

「い、いや……何でもない」

思わぬ話に混乱し、リリスの装いに見とれていたところに、さらに何度も脳内で繰り返し流れる単語を突然聞かされて、サナトは猛烈に気恥ずかしくなる。

（単にどう呼ぶかというだけだが、強烈な破壊力だ。だが、こんなに俺は初心だったか？）

子供のような心の動きに呆れもしたが、にじみ出る浮かれた気持ちは簡単には消せない。

サナトは波立つ感情の中、苦心して冷静に振る舞う。

「よく……似合っている」

「本当にとても似合っておられますよ」

サナトがわずかに絞り出した台詞にかぶせるようにシドニーが続いた。

その表情は心の底から二人を羨むように優しかった。

第二十三話　首輪

「まいどっ」

サナトは断腸の思いで、道具屋に言われた金を差し出した。資金が一気に目減りする。

武器よりも防具よりも遥かに値が張るアイテムは、予想以上に懐が痛い。

(だが、これは必須アイテムだ)

ようやく目的を終えたサナトはリリスと共に冒険者ギルドにやってきていた。相変わらず活況で、アイテムや武具の売買も盛んに行われている。

リリスに合う装備を物色し、すぐに購入した。動きやすさを重視した、薄い金属製の軽鎧の上下セットだ。もちろんアイテムボックスも忘れてはいない。

目立たないよう隅へ移動し、リリスにそれらをすべて渡す。

リリスが目を丸くした。

「このアイテムボックスに登録してくれ。それと、買った服も渡しておくから入れておいてくれ」

「……ご主人様が持つのではないのですか？　私は奴隷ですが」

「それはリリスに与えたものだ。好きに使っていい。俺は一緒に買った予備武器だけ貰う」

サナトは有無を言わせず服を押し付ける。

自分の物の管理する術を教える意味もある。最低限の物しか与えられなかった生活から変わるのだ。いつまでもサナトが管理するわけにはいかない。

「そういえば、これでパーティ編成ができるのか」

リリスが嬉しそうに服を分けて入れていくのを待つ間、ギルドをぐるりと見回した。

感慨深い想いで、他の冒険者を眺める。

どこかに冒険に行くのだろうか。四人から六人を一塊として、チームリーダーらしき人物が「パーティ編成」という言葉を放っている。

淡い白い光に一瞬包まれたことが完了を示すらしい。

(二年以上もこの世界にいて、パーティ編成は初めてだな)

低レベルのサナトは誰ともパーティを組んだことがない。相手に何のメリットも無いからだ。そもそも組んでもらえたことがない。

今のサナトならば《ファイヤーボール》を目の前で使って見せれば、その威力に誰かは興味を持つかもしれないが、そこまでする理由は無い。

「パーティ編成」

リリスを思い浮かべて他の冒険者の見よう見まねで一言だけ言った。

作業中のリリスの体とサナトの体が一瞬光った。これだけで完了らしい。リリスが反応しなかったところを見ると天の声も何もないようだ。

自分のステータス情報を確認すると、確かにパーティ情報というページが増えていた。

(俺はパーティ情報で確認できるが、普通の冒険者はどうやってメンバーを確認するのだろうか)

『あっ……』

「どうしたルーティア?」

『なんか、一気に情報が増えた』

「情報が?」

『うん。ちょっと、潜ってくるね』

「潜る?」

『調べるってこと。何か分かったらまた言うねー』

通信のような感覚が一方的にぷつりと切れた。

相変わらずルーティアの行動は早い。リリスと違って思いついたらやってみるタイプだ。

(どんな情報が増えたのだろうか。だがパーティ編成後すぐだから、十中八九……リリスの情報だろうな)

サナトはぼんやりと思いを巡(めぐ)らせる。

（もしも、ルーティアが以前に言っていた通りだとすれば……予定がかなり早まるかもしれないな）

そうこう考えているうちにリリスの作業が終わったようだ。

サナトはリリスを連れて外に出た。

＊＊＊

「ご主人様、私の首輪はよろしいのですか？」

「首輪だと？　そんなものは必要ない」

門へ向かって歩いている時に、リリスがサナトに質問した。

それは、ちょうど奴隷商が建てたドーム型のテントの前を通りかかった時だった。

このテントの中には様々な種類の奴隷がいる。

「ですが……私はご主人様の奴隷です」

「以前も首輪はつけていなかっただろ？」

「あれは……あの男が私を店に出すのに邪魔になるからという理由です」

「なるほど。だが別にしないといけない決まりはないはずだ」

リリスがサナトの顔を横から見上げる。

「こんなに高い服まで買っていただいて、ご主人様に大切にされていることは嬉しいです。けれど、きちんと奴隷だと示していただけないと、私が困ります」

「なぜ困る？　ステータスカードを見れば分かるはずだ」

「それは……」

　珍しく必死な様子のリリスは、どう言うべきか言葉を選んでいる。サナトはなぜリリスがこんなことを言い出したのか見当がつかずに首を傾げた。

「首輪とはあの金属製の魔法道具だろ？　何度か見たことがある。奴隷が逃亡した場合に居場所が分かるのだったか？」

「はい……」

「ステータスカードの効力で所有者への危害は不可能。首輪は居場所探知(たんち)の機能のみ。その程度ならまったく必要は無いな」

「ですが……私はご主人様から逃げるかもしれません」

　リリスは引き下がる気はないようだ。サナトが頬を緩めた。

「本気で逃げようと考えるなら、俺にそんなことを言うはずがない」

「そ、そうですけど……」

「よく分からないが、首輪が欲しいのか？」

「……はい」

　サナトはどうしたものかと首を捻る。

　リリスが言いだしたことだ。できれば尊重したいが、これについては賛成しかねた。

（首輪をした奴隷を見たことがないわけではないが、あれは重いらしい。ついでに金属である以上、熱しやすく冷めやすいだろう。一度つければ簡単に外せないと聞くし、リリスの細い首にあんなものを……いや、待てよ……）

　サナトは通りをＵターンする。リリスが慌てたように小走りで付いて来た。

「ご主人様、どちらに？」

「リリスに首輪を買おうかと思ってな」

「……ですが、奴隷商のテントはあちらですよ？　もしかしてギルドですか？」

　ギルドでもステータスカードを見せれば首輪は買える。リリスはそう言いたいのだろう。

　だが、サナトは首を振る。

「いや、目的地はここだ」

「ここは……アクセサリーのお店……ですか？」

　サナトはリリスに返答せず店内へ入る。

　そして、店の奥まで迷いなく進むと、いくつかの品の中から目的の物を選び出す。さらに別の場所に足を運び、そこでももう二、三の品を手に取った。

「ご主人様？」

「まあ、少し待ってくれ」

サナトはそれだけ言って、さっさと会計を済ませてしまう。

愛想の良い店員が頭を下げて二人を見送る。

「説明せず悪かった。首輪が欲しいということだったが、それは却下だ。あれは生活に支障が出る。だが、その代わりとしてこれを使ってくれ」

大通りに戻ったサナトが、リリスに小さな布袋の中身を取り出して見せた。

それは黒いチョーカーだった。背後のフックで止めるタイプで、正面に小さなアクセントの金属が輝いている。

「首輪の代わりにこれを？」

「居場所の探知はできないが、それならよく似合うはずだ……俺から与えられる首輪はそれだけだ」

リリスが片手に載ったチョーカーをじっと見つめた。

ゆっくりと少女の白い頬が緩んでいく。

「あ、ありがとうございます！」

満面の笑みに、サナトも内心で胸を撫で下ろす。

（何の目的があって首輪が欲しかったのやら。妥協案のチョーカーで納得してくれて良かった。あの分厚い金属首輪はどう見ても痛々しいからな）

「あっ、言い忘れたがこっちも使ってくれ」

もう一つ購入したものを、喜んでいるリリスに渡す。

「これは……？」

「髪留めだ。リリスの髪は長いからな。戦う前には留めておいた方がいいだろう」

「……ありがとうございます」

「着けてやろうか？」

「い、いえ……自分でできます」

リリスが慌てたように、まずチョーカーを着けた。首に当てて、後ろに手を回してフックをかける。

白く細い首に黒いチョーカーがよく映える。続いて、長い薄紫色の髪を両手で束ね、髪留めでくくる。少し高い位置で留めた見事なポニーテールの完成だ。

「意外と手慣れているな」

「あっ、こういうのは皆に教えてもらったので。いつもやってもらっていましたけど」

「そうか……では、改めて、出発するとしようか」

「はいっ！」

サナトは再び歩き出した。

笑顔の少女が軽快な足取りで隣に続いた。

サナト　25歳
レベル8　人間
ジョブ：村人
《ステータス》
HP：57　MP：19
力：26　防御：26　素早さ：33　魔攻：15　魔防：15
《スキル》
浄化
火魔法：初級（改）
水魔法：初級（改）
HP微回復（改）
捕縛術：初級（改）
護壁：初級（改）
《ユニークスキル》
神格眼
ダンジョンコア

第二十四話　迷宮とがんばる少女

湿った風がぽっかりと開いた入口から流れてくる。

今日はそれほど人は多くない。

サナトとリリスは例の迷宮前まで行く馬車に乗ってきた。今さらわざわざ歩いてウォーキングポッポの集団と戦う意味はない。リリスもレベルだけならサナトの上なのだ。

「迷宮に入ったことは？」

「一度もありませんけど、小さい頃に何度かモンスターと戦ったことがあります」

「そうか。それなら次の街に行く前に軽くならしていくか。渡したアイテムはちゃんとアイテムボックスに入れたな？」

「はい。入れました」

「よしっ、では行こうか」

＊＊＊

薄暗い迷宮の中、薄緑色に明るく光る苔が二人の行先を示す。どこかで落ちる水滴の音、何かが蠢（うごめ）くような気配。慣れない者ならばそれだけで恐怖を感じるかもしれない。

事実、リリスは少し緊張している。

一緒に入った冒険者達は、全員が迷わず奥に進んでいったようだ。静かな空間に、二人の足音だけが反響していた。

そして、最初に出会うことになったのは、恒例となったウォーキングウッドだった。レベルは9。

離れているため、二人の接近にはまだ気づいていない。リリスが小さく呼吸をし、気持ちを切り替えるように武器を構えた。

「ご主人様、戦いますか？」

「そうするか。都合良く一匹だし、リリスの力も見たい」

「分かりました。お見せできるようなものはないのですが、全力でがんばります」

「久しぶりなのだろ？　無理はするな。安全のために、とりあえず一度斬りかかってすぐ離れてくれ。それと、あいつの視界は狭い。左側から一気に近付くように」

「はい」

リリスの潜めた声が届く。

その声は予想以上にやる気に満ち溢れているようだ。ザイトランの店にいた時の儚さとは大違いである。

小さな白い手でぎゅっと武器を握る様は決して熟練のそれではない。しかし、前に出ようという気持ちは十分に伝わってきた。

（緊張しているか、気負っているということもある。注意して見ておかないと）

すでにサナトの《神格眼》は有効だ。一挙一動を監視している。念の為、右手を前に突き出して狙いだけを付けておいた。

リリスからウォーキングウッドへの、行動を示す矢印が伸びる様子を捉えた。味方にもこの《神格眼》の効果は有効らしい。

「――っ」

短く息を吸ったリリスが、勢いよく駆け出した。サナトの指示通りにウォーキングウッドの左側面へ弧を描きながら走って近付く。予想していたよりも速い。

目指すは敵の背後だ。

鈍器とも呼べるバルディッシュを軽々とかつぎ、両手で握った柄を死角から一息に振り下ろす。と同時に響いたのは、大木に斧を入れた音。

不意の攻撃を受け、ぐらりとウォーキングウッドが傾いたが、何本かの根で耐えると、何とか体勢を立て直して振り返る。

しかし、そこに少女の姿は無い。すでにサナトの側まで戻った後だ。

「ご主人様っ、どうですか？」

「う、うむ……」

サナトはこう考えていた。ＨＰ満タンのウォーキングウッドでは、リリスのレベルが多少高くとも攻撃は間違いなく弾かれる。あいつの体は硬(かた)いのだ、と。

すぐに《ファイヤーボール》で援護(えんご)するつもりだった。

だが、予想は大外(おおはず)れだ。

見事に薪割(まきわ)りの勢いで体の大半を切られた敵を見て唖然(あぜん)とする。

背中部分にくっきりと、バルディッシュが切り裂いた跡が残っていた。微塵も手こずった様子が無い。サナトは冷や汗をぬぐう。

（いやいや、おかしいだろ。俺の時と全然違うぞ。背後か？　背後からだとダメージ補正がかかるのか？　《斧術》の補正か？）

《神格眼》に映る敵の残りＨＰはすでに8。ウォーキングウッドの最大ＨＰ73の実に九割近くを一撃で削(けず)ったことになる。

（確かに武器はいいものを買ったが……それにしても何だこれは？　ダメージ計算は普通ランダムな要素が絡むだろ。もし運が良かったら、これくらいの敵は一撃で倒せたのか……）

目の前の事実に困惑するサナトは、呆然とした面持(おもも)ちでリリスを見た。

「ご主人様？」

どうだ、と胸を張るわけでもなく、全然ダメでしたと悲観するわけでもなく、リリスはきょとんとした顔でサナトを見ている。

純粋に自分の攻撃の評価を尋ねていた。少女は自分よりも遥か高みにいると思っている主人の答えが欲しいのだ。

しかしサナトの口はなかなか開かない。

（いや、レベル差があったからだ。そうに違いない……俺でもレベルが12あれば同じことができたに違いないのだ。いや……無理か。おっ――）

敵のMPが1減少し、HPが5回復した。《HP微回復》の効果だ。

深く考え込んでしまっていたらしい。戦闘中にあるまじき失態だ。

ほとんど瀕死だった敵の動きが少し元に戻った。

「リリス、止めを刺せ」

「はいっ」

油断は禁物だ。

大いに驚いたが、その話は後でいいだろうとサナトは指示を出す。

またもリリスの振り下ろしたバルディッシュが見事に枯れ木の脳天に落ちた。真っ二つになった木が光の粉に変わり、ドロップアイテムの木炭を落とした。

「すごいな」

「ほんとですかっ⁉」

サナトの心からの感嘆の言葉に、リリスが弾んだ声をあげた。

少女の顔に笑みが広がる。

「ああ。本当にすごい。ウォーキングウッドを寄せ付けないとは」

「ありがとうございます！　でも、ウォーキングウッドは全然強くない敵ですから。小さい頃にも倒したことがあります」

「そ、そうか……」

サナトの脳裏（のうり）に、己の剣が盛大に弾き返されたシーンが浮かぶ。

ひょんなことからダンジョンコアを破壊して《スキル最強化》を貰ったが、ろくにダメージを与えられなかった。

必死に逃げ回って迷宮の出口にダイブした時。

横っ腹に枝を叩きつけられて悶絶（もんぜつ）していた屈辱（くつじょく）の時。

サナトはそれらのすべてを静かに心の奥底に沈めた。もう二度と甦（よみがえ）らないように。リリスの前で話すことがないように。

そして何食わぬ顔で褒める。

「レベル差があるとはいえ、素早さも攻撃力も、言うことはなかった。だが――」

サナトはリリスを心配そうに見つめる。

「リリス、疲れないのか？　ふらふらしないか？」

「あっ、大丈夫です」

「そうなのか？」

静けさが戻った洞窟の中央で腕組みをしたまま首を傾げる。分かってはいたが《神格眼》で見える情報を疑いそうになった。

「リリスのＭＰは０だろ？　しんどくないのか？」

「……しんどくはないです」

「そうか。ＭＰが０の状態はいつからだ？　原因は？」

「物心ついた時には０でした。原因は私もよく分からないんです」

ＭＰを大きく消費すると、どうなるかはよく知っている。当初は魔法を放つ度にその状態だったのだ。しかしリリスはそうならない。

（間違いなくリリスが持つユニークスキルの《魔力欠乏》が原因のはずだが……最初からその状態だと慣れるのだろうか）

「あっ、でも大丈夫です！　ほんとにしんどくはないので。技とか魔法とかは一切使えないんですけど……」

そう言い終えたリリスの表情がみるみる曇っていく。

だが、思い出したように無理矢理表情を作り、サナトを見た。

「でも、ご主人様の買ってくださった魔法武器もありますし！　きっと……きっと役に立ってみせます……ですから……」

少し大きくなった声が反響したのも束の間、たちまち尻すぼみになっていく。小さな拳の関節が白くなるほど力が込められていた。

サナトは声を和らげて言った。

「心配するな。そんなことで手放すわけがないだろ」

「……ありがとう……ございます」

視線を落とし、恥ずかしそうにうつむいたリリスが、慌てたように「アイテム拾わなくちゃ」とつぶやいて木炭を拾いに行く。

足取りがとても嬉しそうだ。束ねた髪が軽快に跳ねていた。

（ＭＰが無いことを足かせだと感じるなら、そもそも買ったりしない。余計な心配をしすぎだ）

思ったことを口にしても良かったが、たぶんさっきの一言で十分だろう。

「心配性だな」

その一言が聞こえたのか聞こえなかったのか、大きなアイテムボックスに木炭を入れようとしたリリスが、気付いたようにぱたぱたとかけてくる。

敵に攻撃をしかける時とは天と地ほどの差がある走り方だ。

「どうした？」

「ご主人様にお見せした方がいいかと思ったので」

「いや、ドロップアイテムは気付いたらリリスが拾ってくれ。もちろん俺も拾うが確認は必要ない」

「分かりました」

リリスがポニーテールを揺らしてこくりと頷く。

「ところでリリスは、奴隷になる前の自分のジョブが何か知ってるか？」

「ジョブですか？　確か、魔人です」

「魔人だと？」

「はい。奴隷になった時に……ステータスカードを見た奴隷商が、とても怖がっていたので……よく覚えています」

（ジョブに魔人というものがあるのか。そうなるとリリスは種族もジョブも魔人になるが……固有のジョブみたいなものか？　まあどっちにしろステータスが高くなるジョブであることは間違いないか）

「皆魔人を怖がるのか？」

「……人によってはすごく怖がります。悪魔の血が混ざっているからだと思いますけど、私もよく分かりません」

「なるほどな……それで……」

「はい……店にいたときも、あの男は避けていましたし、私を毛嫌いする人もいたと思います」

リリスが寂しそうにつぶやく。

「旅立つ前の挨拶を嫌がった理由はそれか」

「はい……たぶん私がいなくなってほっとした人も多いでしょうから」

サナトは出発前に、仲の良い店員にだけでも挨拶をしていくかとリリスに提案した。

しかしリリスは、このままいなくなった方がいいと言ったのだ。何気ない言い方だったが、はっきりとした拒絶だった。

落ち込んだ様子を見て、サナトはわざとらしく肩をすくめた。

「俺にとってはありがたい話だな」

「え?」

「リリスが店側になびいてしまって、俺と行くのは嫌だと言い始めたらどうしようかと思っていた。もしも違う憲兵に俺がやったことを報告されたら――」

「そんなこと絶対ありえませんっ!」

冗談めかしたサナトに、リリスが詰め寄った。瞳にははっきりと怒りが浮かんでいた。

サナトはリリスの剣幕に思わずのけぞり、一歩後ずさる。

リリスが、はっとして語気を和らげた。

「す、すみません。でも、私は……ご主人様にお供します」

「そ、そうか……ありがとう」

それ以降台詞が続かなかった。沈黙が流れる。

サナトは、迷ったかもしれません、くらいの反応を予想していたのだ。まさか怒られるとは思わなかった。

(これがシドニーが言っていた奴隷の忠誠心というやつなのだろうか……判断が難しいな……まあ元気が出たならいいか)

瞬く間にいつもの少女に戻ったリリスを見て、サナトは小さく微笑んだ。

第二十五話　置いてけぼり

「ご主人様、見てください！　ちゃんと倒せました！」

リリスの華奢な手が、不釣り合いな大きさのカニの爪を掲げて、ぶんぶん振っている。

まるで子供のようだ。

サナトは小さく拳を突き出す。

よくやった、と。

すでにここはバルベリト迷宮の十二階層だ。サナトが一人で潜った際の最高記録にあたる。

軽い肩慣らしのつもりで迷宮に入ったが、あまりに順調に進むので止まるタイミングを見失っているのだ。

それもこれも、魔人の少女の強さのせいである。

「うんしょっ」

リリスがそこら中に散らばるカニの爪を律儀に拾っては、アイテムボックスに綺麗に並べていく。

最初は爪の太い根本を手前に、次は細い爪の先を手前に。スペースを有効活用する術を身に付けてきた少女は鼻歌でも歌いそうな様子だ。

一方、保護者はリリスに見えないところでため息をつく。

（そんなにカニの爪はいらない……いや、それよりもリリスのあの強さは何だ？　どう考えても異常だ）

リリスのレベルは現在15だ。力は70を超え、この階層の敵であるダンジョンシザーを瞬く間に始末していく。

たまに勢いあまって危ない場面もあるが、サナトの手助けなどほぼ不要だ。

そもそもリリスのステータスでは、攻撃を受けても大したダメージはないかもしれない。最近では動きが分かってきたのか、器用にバルディッシュを地面に突き刺して敵の上を飛び越えたりと攻撃のバリエーションが増えてきている。

三匹が一度に出てきたところで、スピードの無いダンジョンシザーなど、ちょっと硬いだけのカニとして処理されていく。

「あっ、ご主人様、またレベルが上がりました！」

リリスに天の声が聞こえたのか、嬉しげな声を上げた。

サナトは《神格眼》でリリスのステータスを覗き見る。

「――!?」

サナトは目を見開いた。

ありえないほどリリスのステータスが跳ね上がったのだ。まるで壁を越えたような急激な変化だ。

リリス　14歳
レベル16　魔人
ジョブ：奴隷
《ステータス》

HP：308　MP：154
力：154　防御：123　素早さ：160　魔攻：108　魔防：80
《スキル》
斧術：中級
火魔法：初級
《ユニークスキル》
魔力欠乏
悪魔の閃き
悪魔の狂気

（待て待て待てっ！　なぜさっきまで70超えだった力が倍以上になった？　この世界はレベル15までが初心者扱いってことか？　確かに魔法の購入はレベル16が条件だったが……いいや、それとも魔人ならではの現象か？　まさか覚醒とかあるのか？）

力、素早さ、ステータスはどれをとってもサナトの遥か上だ。

思わず自分のステータスを確認した。

これだけリリスのレベルが上がっているというのに、やはりレベルは8だ。相変わらずルーティアに全て流れているらしい。

一番上に表示されていたHP57という数字を睨みつける。

もう長い付き合いだ。いい加減に少しくらい増えてもいいだろう、という恨めしい思いで。

(早々にHPの差が六倍になったか……このままでは、リリスではなく俺の方が足手まといになりそうだ)

サナトの脳内で、「ご主人様って頼りないですね」というリリスの冷ややかな声が再生されて、肝を冷やす。

散々、格好をつけて奴隷を買い取ったあげく、あっさりと見限られる主人。

体に力が入り、拳をぐっと握りしめた。

「これはまずい。俺もどんどん《解析》しなければ置いていかれかねない」

サナトが静かに決意を新たにする中、リリスが迷宮の奥に次の獲物を見つけたようだ。

敵を感知する勘のようなものも、サナトが舌を巻くほど鋭い。

次行きます、と一声発した少女が驚くほどの速度で正面から近付き、問答無用でバルディッシュを振るう。

ざくっという小気味よい音がすぐさま響いた。ダンジョンシザーが眉間を割られ、光の粒に変わる。

「ご主人様っ！　真正面からでも一度で倒せました！」

「だろうな……攻撃力が倍になったしな」

聞こえないほど小さな声でつぶやいたサナトのもとに、ぱたぱたとリリスが走ってくる。

少女に変わった様子は無い。褒めてほしそうな顔をしているだけだ。

本当にステータスの変化を感じていないらしい。自分でステータスカードを見ればきっと驚くだろう。

「さっきまでは二回攻撃しましたけど、今回は一回で大丈夫でした」

「素晴らしい成長だ。何も言うことはない」

「ありがとうございます！　強いご主人様にそう言っていただけると、すごく嬉しいです」

「……俺もうかうかしているとリリスに抜かれそうだ」

「そ、そんなことっ！　ご主人様は私よりずっとずっと強いです！」

悲しい謙遜を力強く否定したリリスにサナトはたじろいだ。

胃が少しちくりとした気がした。

（リリスの目の前でザイトランを倒したのは、まずかったかもしれない。俺への期待値が異様に上がってしまっている気がする。だが、今さら後には引けないし……どうしたものか……）

『マスター、どうしたの？　難しい顔して』

「おっ、ルーティアか。終わったのか？」

「……ルーティア？」

「……あっ」

首を傾げるリリスを前にして、サナトは己のうかつさを呪った。

＊＊＊

「こっちで合っていますか？」

「ああ。大丈夫だ」

サナトは十二階層のメイン通路をそれて脇道を進む。

前を進むリリスが小さな肩を落としている。

タイミングの悪いルーティアとの会話をどう受け取ったのか、リリスの言葉数は急に少なくなった。最低限の確認の時しかしゃべらないのだ。

（さすがに、スキルがしゃべれるというのは信じがたいだろうな。気持ちは分かるのだが……）

サナトはリリスにきちんと丁寧に説明した。

自分の中に意思疎通（いしそつう）できるスキルがあるのだと。そのスキルは会話が可能なうえに、自分の強さに一役買っているのだと。強くなる前から助けられているのだと。

悪いやつではないと。

しかし、リリスがどこまで呑み込めたかは分からない。

（何とも重い空気だ……おかしいやつと思われてしまったか……）

『ねえ、マスター、どこでやるの？　早い方がいいって言ってたよね？』

「ギルドの地図では、この先は行き止まりだが、広い空間になっているはずだ。この階層なら冒険者もまだまだ少ないし、そこで済ませてしまおう。わざわざ行き止まりに進むやつもいないだろうしな」

『オッケー。でも、たぶん《解析》にそんなに時間かからないよ？』

「それは分かっているが、今回は初めてのケースだろ？　何かあってからでは面倒だ。人に見られない場所の方がいい。まだ下に進む余裕もあるし、戻るのも手間だしな」

少女の耳に入らないように、気を遣(つか)ってぼそぼそと話すサナトだが、やはり前にいると聞こえてしまうらしい。

リリスが振り返ってサナトを無表情に見つめた。

「ご主人様、今お話ししているのは……ルーティアさんって方……ですか？」

「そ……そうだ。スキルが話すとは理解しづらいだろうが……」

しどろもどろに答えたサナトは後ろめたくなる。

ただスキルとしゃべっているだけなのだが、リリスの瞳を見ていると落ち着かなくなってくるのだ。心の奥底で何かがざわつく。

だが、サナトの葛藤は快活な少女の声に吹き飛ばされた。

『そうだよ。ルーティアはマスターのスキルなの！　初めまして、リリス！』

「……えっ？　お前の声はリリスに聞こえるのか？」

『無理っぽい。聞こえてなさそうだもんね』

「おい……」

サナトが苛立ちを込めて、低い声でルーティアを叱る。

ごめん、ごめんと軽く謝るルーティアとは対照的に、目の前にいたリリスがびくりと体を強張らせた。

目に見えて表情が曇っていく。まるでしおれていく花を見ているようだ。

自分が言われたと勘違いしたのだろうか。

サナトはやってしまったと内心で舌打ちし、慌てて誤解を解こうとする。

「違うぞ、リリスに言ったんじゃない。その……何と言うか、ルーティアがちょっと悪ふざけをしてな……少し怒っただけだ」

「はい……分かっています。たぶん……ルーティアさんとのお話しだろうなって」

「そ、そうだ。だから……今のは忘れてくれ。俺はリリスに怒ってなどいない。リリスは本当によくがんばっている」

「……はい」

リリスが、ゆっくりと前に向き直る。バルディッシュの先が地面をこする音がした。

背中を見る限り、言葉はあまり効果が無かったようだ。

サナトは今の一幕で、何となくリリスとの間に薄い壁ができた気がした。

（なぜこんなことに。さっきまで慕ってくれていたリリスが、たった一言でこんな状態に……くそっ）

サナトは猛烈に後悔した。

もっと時間をかけて説明するべきだった。スキルと話せる人間など気味が悪いに違いない、と。

だが、これ以上、小さな背中にかける台詞を思いつかない。説明すればするほど状況は悪化するだろうという直感があった。

迷宮内で無言の時間が長く続く。足音が妙に響いた。

「ルーティア、何とかならないか？　《解析》の力で時間を戻すとか」

『そんな力ないよ……』

「……だろうな」

一縷（いちる）の望みを託（たく）したサナトだが、ルーティアはにべもない。

サナトはため息をついた。

「ご主人様……この横道の穴から入ればいいのですか？」

「あ、ああ」

そうこうしているうちに、目的地に到着した。

細い通路から小さな石の扉を潜り抜けると、そこには広大な空間がある。光苔の量が異様に多く、一段と明るい。

だだっ広い部屋だ。

誰が何の目的で作ったのかは分からない。天井は高く、そびえ立つ壁は檻のようにも見える。

迷宮がこういう場所を勝手に作るのかもしれない。

リリスがまず入り、サナトが続いた。

二人の間の空気は微妙なものだ。どちらも口を開かず、作業のようにたんたんと空間の奥へ歩みを進める。

そして――

入口の石の扉が、重低音を響かせながら自動的に閉じた。

「……え？」

どちらの声だっただろうか。部屋は二人を呑み込み、完全な隔離空間へと変化した。

第二十六話　これこそ解析の力

（しまった。この広い空間はモンスター部屋だったのか。扉があった時点で気付くべきだった）

ウォーキングウッドの群れを前にして絶望的な気持ちになったことを思い出す。

早々に諦めてしまったのは苦い思い出である。

この部屋でも何人も数の暴力の犠牲になったことだろう。

「ご主人様……敵が……」

うじゃうじゃとダンジョンシザーが姿を現した。

リリスの声が震えていた。必死に恐れを抑えつけている。

だが、それを嘲笑うように牛ほどの大きさの敵が徐々に増えていく。奥の壁にぽっかりと空いた穴から、一匹、また一匹と出てくる。

カシャカシャと特有の動作音を伴う敵は、まるで隊列でも組んでいるかのようにばらつきがない。くすんだ青色の甲羅が、にぶい光を放っていた。

「まだ増えています……」

思い出したようにバルディッシュを正眼に構えたリリスだが、その刃先をいったいどこに向ければいいのか迷っている。

感情を表さない拳大(こぶしだい)ほどの黒い目が、見渡す限り無数にある。どれもサナトとリリスを見ているに違いない。

一匹に狙いを定め、一思いに切りつけることができればどれほどありがたいか。

「……ご主人様」

数える気すら起こらない敵の大軍を前にして、サナトに背中を見せるリリスが主人を一度だけ呼んだ。

答えを欲したからではない。その一言は恐怖を前にした少女が、自分を叱咤(しった)しているに過ぎないのだ。大きく息を吐き、一息に告げる。

「私が囮(おとり)になって敵を引き付けます。ですからご主人様は――」

「さあ、さっさと始末しようか」

リリスの言葉を遮(さえぎ)って背後からかけられた言葉はとても軽かった。驚いた顔で振り返ると、サナトの顔には微笑が浮かんでいた。

「リリス、おそらくだが全部を倒す必要はないと思うぞ。まあ俺も初めて気付いたんだが」

サナトが群れの奥を指差し、リリスの視線を誘導する。

「大きいダンジョンシザー……ですか？」

「ああ」

一際大きい黒っぽい敵が奥に一匹陣取(じんど)っている。レベルは15。周囲の群れよりも3レベル高い。

これは《神格眼》を有するサナトにのみ見えている情報だ。

(なるほど。このレベル帯の冒険者がこんなモンスター部屋に入れば、死ぬしかないと思っていたが、活路は一応用意されているのかもしれない)

そのダンジョンシザーの種族欄には「リーダー」という言葉が追加されていた。

(頭を倒せば群れは散る。保証は無いにしても、リーダーとして君臨(くんりん)しているんだ、あいつを倒せば何らかの変化があるのだろうな)

「あのダンジョンシザーを倒せば……道が?」

「道か、それとも後ろの扉が、恐らく開くのだろう」

リリスが、「なるほど」と力強く頷き、ひしめき合う青い甲羅の群れに再び身構える。

今度は小さな背中に確かな力が込もっている。決死の覚悟から希望を得た覚悟に変化したのだ。

リーダー以外の敵を視界の外に追いやり、一点を睨みつける。バルディッシュを再びぎゅっと握る。

「ではご主人様は下がってください。私が突っ込み——えっ、ご主人様?」

サナトはリリスの隣を抜けてすたすたと前に出た。足取りは無人の荒野を歩くように軽い。

素っ頓狂な声をあげたリリスが、慌ててサナトの前に回り込む。

「危険ですっ！　下がってくださいっ！」

リリスが叱りつけるように主人を止めた。余程びっくりしたらしい。普段の少女からすればありえないことだ。

サナトは何食わぬ顔で言う。

「俺を心配して前に出てくれるのはありがたいが、別にあのダンジョンシザーを狙うとは言ってないぞ？」

「……え？　ですが、先ほど……」

「あれは戦う前には観察が必要だと言いたかっただけだ。それに、あの危険な群れの中にリリスを飛び込ませるわけにはいかない。俺がやろう」

あっけに取られるリリスを置いて、サナトが再び前に出た。

「この数ではさすがに複数指定は無理だな？」

『できなくはないけど、時間はかかるかなー』

ぼそりとつぶやいたサナトの言葉に、確かな答えが返ってきた。頼りになるスキルのルーティアである。

こちらは緊張感のかけらもない。

「では、全体攻撃といこうか。《ファイヤーボール》の範囲指定を全体に変更」

『了解』

「属性はいじれないのだったな？」

『うん。やってみたけど無理っぽい』

「そうか。ならば試しに形状を変えてみるか……球体以外に何か全体攻撃っぽいもので使えそうなものはあるか？」

『面白そうなのだと花火っていうのがあるよ。それとも波の方がいい？』

「どっちも良く分からんが、じゃあ花火を試してみるか。形状変更、花火」

『……終わったよ』

「では、行くか。と言っても呪文が無いから、いまいち気分が乗らないな」

サナトは片手を正面に突き出した。

（まさか呪文の部分を本当に『空白』にできるとは思わなかった。いや、正確に言えば完全になくすのは不可能で、スペースの一文字だけは残したのだったか……まさにシステムの裏側を見ているようだ）

以前、ルーティアの《解析》で呪文を書き換えようとした際に、サナトはいっそのこと完全に削除（さくじょ）しようと試みた。しかし、それは何らかのエラーで認められなかった。

ならばと、空白スペース一文字分だけ残してみたところ、こちらはうまく処理されたのだ。

（『あ』とか『お』とか変な一文字だけ残す必要も無かった。ついでに言えば魔法名すら必要ないとはな……だが、聞くところによると魔法名を叫ぶのが常識ということだし……まったくよく分からない世界だ）

サナトは、心の中で改造された《ファイヤーボール》を念じる。

すると、ダンジョンシザーが群れる上空に、拳大の火種が浮かびあがった。

《ファイヤーボール》の本来の大きさはサッカーボール大。それより随分と小さいことになる。

続いて、その火種を取り囲むように、数えきれないほどの火種が生まれる。

それらは中心となっている最初の火種に炎で描く線を伸ばし、受け取った火種が渦を巻きながら大きくなっていく。

「ご主人様……あの魔法は？」

「ん？　まあもう少し見ててくれ」

（……言えるはずないか。俺にもどうなるか分からないのだ）

吸い取られるように、周囲の火種が姿を消し、中心の炎の渦が二メートルほどの直径に変化した。

そして、今度は圧縮されてどんどん小さくなっていく。

（そういえば、これでなぜ花火なのだ？　花火と言えば――っ!?）

サナトはとんでもない事実に気付き、慌てて反対の手を突き出した。使うのは対物理、対魔法用の壁である《光輝の盾》だ。

形状を球に変化させ、複数指定でサナト自身とリリスを指定して即座に発動させた。二人が光り輝く防壁で囲まれる。

と同時に――

テニスボールほどの大きさまで収斂された火種が、一気に膨れ上がった。

赤い雷が走り抜けたかの如き炎の奔流に、目の前で光が明滅する。

「――っ」

遅れてやってきた鼓膜を破るかと思うほどの轟音。サナトとリリスは反射的に耳をふさいだ。

極限まで圧縮された小さな火種が途方もない熱量とともに爆発し、閉鎖された空間に轟音を響かせたのだ。

サナトが手を下ろし、ゆっくりと目を開けた。

リリスも少し遅れて、

「……すごいです」

と、驚愕の表情で、目の前の変わり果てた光景をぐるりと眺めた。

そこには、ダンジョンシザーは一匹もいなかった。

たった一発の爆発で、すべての敵が消し飛んだのだ。地面に所狭しと散らばる爪が、目の前で起こった事実を証明していた。

リリスが感動の面持ちでサナトの背中を見つめた。

サナトは当然だと言わんばかりに平然としている。

サナトは今、脳内に流れる天の声に意識を向けていた。

――上書きに成功しました。上書きにより魔法の一部が規定魔法に該当しました。スキル《火魔法》内に《フレアバースト》を新たに登録しますか？　ＹＥＳ　ｏｒ　ＮＯ？

「……ＹＥＳ」

（《フレアバースト》か。《火魔法》上級くらいで使える魔法なのだろうか。攻撃力５００、全体攻撃、形状は花火。呪文は消した。消費ＭＰも１。どう考えても消費ＭＰ１の魔法ではないだろうから、消費ＭＰは規定魔法に当たるかどうかの判定には不要か。となると……属性、攻撃力、範囲指定と形状が合致すれば新しく既定魔法として認定されるのか。それとも攻撃力も関係なくて、範囲指定と形状だけがキーなのか……だが、《ファイヤーボール》以外の《火魔法》を手に入れられたのは単純に嬉しいな）

サナトは小さく頷いた。

リリスが声を弾ませて隣にやってくる。興味津々の表情で見上げた。

「ご主人様、今使われたのはなんという魔法なのですか？　あの数のダンジョンシザーをたった一発で……」

「《フレアバースト》という魔法だ」

「……《フレアバースト》……すごい……さすがご主人様です。こんなにすごい魔法を呪文も無しに使われるなんて……それにあの爆発の中で守ってくださったのもご主人様なのですよね？」

「《光輝の盾》のことか？　まあ、確かに俺がやったが……」

「ほんとうにすごいですっ！」

リリスが瞳に強い憧れの感情を湛えてサナトに一歩近付く。ルーティアの件でできた壁が一気に崩れたようだ。

すごい、すごいと連呼する少女は、頬を赤く染めて、まっすぐ見つめている。相当の衝撃だったらしい。

恥ずかしくなったサナトが視線を逸らした。リリスのストレートな反応に、うまく対応できそうになかった。

それに、反射的に美しい少女を抱きしめてしまいそうだった。

だが、落ち着け、と何度も自分に言い聞かせる。リリスは驚いているだけだ。いわゆるつり橋効果なのだ、と。

どうにかして話を逸らそうと慌てて視線をさまよわせた。

「あっ、リリス……あそこに青い魔石がある。あの大きなダンジョンシザーがいたところだ」

サナトは藁をもつかむ気持ちで素早く指をさした。

リリスが釣られてゆっくりと顔を向けた。

「あの、青い石ですか？」

「そうだ。あれが魔石だ」

「……初めて見ました。やっぱりご主人様はすごいです。このたくさんのアイテムの中から一日で魔石を見つけるなんて……」

「た、たまたまだ。一緒に冒険をしていれば、リリスもそのうち分かるようになる」

「……はいっ！」

リリスが嬉しそうに小走りで魔石の方に走っていく。

サナトはようやくといった様子で大きなため息をついた。

『マスター、なんか疲れてる？　大丈夫？』

「大丈夫なのだが……何度もこういうことがあると、理性の限界が来そうで怖い。リリスの笑顔は本当に心臓に悪い」

『よく分からないけど、理性の限界が来るとどうなるの？』

「それは……ってなぜそんなことを教えなくちゃならない」

『え？　だってどうなるか知りたいもん』

「……ルーティアには年齢はあるのか？」

『それ、質問と関係あるの？』

「十八歳以下なら答えられないからな」

『十九歳』

「却下」

『えぇー……教えてよー』

「そんなことより、予想外の事態は解決したし、そろそろ本題に入るか」

『あっ、話変えたー』

「……ルーティアがもしも外に出て来られたら教えてもいいぞ」

『約束だよ？』

「ああ……って無理だろ。まあ、それはともかくリリスの件だ。予想通りパーティメンバーのスキルは？」

サナトの表情が瞬く間に真剣になった。

すでに予想以上の強さとなったリリスだが、元々思い描いていたのはそれではない。

ルーティアも真面目な声色で言葉を返した。

『うん、《解析》の対象にできるみたい。増えた情報はそれだったから。でもマスターのスキルと違って簡単じゃないよ』

「……そもそも人のスキルをいじるなんて無茶もいいところだしな。だが、望みがあるならやってみるか。リリスも俺も一気に強くなれる可能性がある」

『うん。それは間違いないと思う』

「よしっ、ではやるか」

サナトは青い魔石を持って駆けてくるリリスをじっと見つめる。

高価な魔石は自分のアイテムボックスに入れなかったようだ。

「ご主人様、これを」

「ありがとう。それと、リリスに少し話がある」

「はい。なんでしょうか?」

第二十七話　この瞬間を待っていた

「私のスキルを変える……」

「そうだ。リリスの持つスキルを俺の力で少し変更しようと思う」

「本当にそんなことができるのですか?」

「ああ。俺にしかできないことだ」

リリスが目を見開く。だが、すぐに納得したように頷いた。

「夢のような話ですが、ご主人様の言葉なら信じます。ですが、私は《斧術》と《火魔法》しか持っていません。どちらを……」

「どちらでもない。今回変えるのは《魔力欠乏》というスキルだ」

「《魔力欠乏》……ですか？」

リリスが首を傾げる。

少女にとっては見たことも聞いたこともないスキルだろう。

「ＭＰが回復しない理由はおそらくそれだ」

「私はその《魔力欠乏》というスキルを持っていないと思うのですが……」

「いや、リリスが知らないだけで、それは確かに存在している。俺の眼には視えている。その点では人より多少優(すぐ)れていてな……」

サナトが見透(みす)かすようにリリスを見つめる。どこか別の場所を見ているようだ。

「……お話は分かりました。内容はよく分かってないですけど、ご主人様がなさりたいことに反対などしません。その……どうぞよろしくお願いします。私が協力できることはありますか？」

少し不安げなリリスに、サナトは軽くかぶりを振った。

「いや、何もしてもらうことはない。それに、痛みを伴うこともない」

サナトは不安を取り除くようにリリスに微笑みかける。

「おそらく一瞬のはずだ。もしも体に異変があったら教えてくれ。すぐに中止する」

「はい、分かりました」

「では、早速始めるが構わないか？」

「もちろんです。ご主人様のなさりたいようにお願いします」

サナトは軽く頷き、手の届く距離にまで近付いた。熱い視線が向けられていた。

ゆっくりとリリスに向かって片手を伸ばす。

「リリス……少し、その……触るぞ」

「……は、はい」

サナトの指先が、頬に優しく触れた。

リリスがきめ細かい白い頬を染めて体を硬直させる。

そのまま数秒が経過し、脳内に天の声が響いた。

――《解析》が完了しました。《複写》を行いますか？　ＹＥＳ　ｏｒ　ＮＯ？

（接触部位はやはり手でなくとも問題はないのか。リリスとの接触はこれで二度目。ここまでは予想通り）

「ＹＥＳだ」

サナトは迷わない。すでに目標は決まっている。

この瞬間のために、リリスと出会ってから身体的な接触を避けてきたのだ。触れたいと思う瞬間を必死に凌いできた。

ザイトランと戦う前に、不安がるリリスの肩に思わず手を置いてしまったときにはどうなることかと思ったが、それ以降は何とか接触を控えてきた。

戦闘時も、衣服を選ぶ時も、チョーカーと髪留めを渡す時も。

ずっと接触回数を頭に置いていた。

(髪留めを着けてやろうか、と聞いた時に、リリスが「はい」と答えていたらどうしただろうな。何だかんだと理由をつけて、やっぱりやめたと言わなければならなかっただろう)

サナトは苦笑する。

二回目の接触に至れば、リリスのスキルを《複写》するか、例の質問が始まる。

その天の声に、もしも「NO」と答えて、後回しにしようとした場合はどうなるのか。

同じ人間に《複写》が使用できないことは判明している。

だが、それは「YES」と答えた場合のみ。「NO」と答えた場合には、再度《複写》するかどうか聞かれるのかもしれない。

(回数制限があるかもしれない《複写》で、そんな無駄な実験をする気にはならない)

それゆえに、サナトは絶対に邪魔が入らない瞬間を、そしてルーティアが《魔力欠乏》

を《解析》できると確信できるようになるまで、さらに他人のスキルを《解析》できるようになる時期を待っていたのだ。

貴重なスキルを《複写》しつつ、リリス本人の力の底上げをするために。

その時期は、ルーティアの成長が予想以上に速かったことでかなり前倒しすることになった。

サナトはルーティアとの会話を思い出す。


「他人のスキルを《複写》できるなら、他人にも《解析》が使えるのか？」

『うーん……確かに《複写》の瞬間には細い何かが繋がるんだよね……もしも、ずっと繋がるような手段があれば可能性はあるかも』

「ずっと繋がる……例えばパーティ編成か……」

『マスターのステータス情報のページにパーティ情報があるから、そこから繋がれば……もしかするかも』


突拍子もない内容だった。しかし、実際にリリスを手に入れ、パーティを組んでみると結果は予想通りだった。

サナトの笑みが深くなる。

――《複写》を行います。スキルを選択してください。

「《魔力欠乏》」

はっきりと告げる。

その瞬間、サナトに壮絶(そうぜつ)な脱力感が訪れた。あまりに急な変化に、リリスに触れていた手を離し、がくんと膝から崩れ落ちる。

「ご主人様っ⁉」

その様子を見ていたリリスが、慌ててサナトを抱きかかえる。

どんな変化があるのかと不安がっていても、主人の方が倒れるなど予想しなかっただろう。

ふらつく膝を抑えつけ、サナトが再びゆっくりと立ち上がった。

「……大丈夫だ」

「ですが……」

「少しＭＰが無くなって驚いただけだ」

「ＭＰが？」

「ああ。リリスはすごいな……本当に感心するぞ。こんな状態でよくもあんなに動けるものだ」

「い、いえ」

事情をうまく呑み込めないリリスから視線をそらし、サナトは己のステータスを確認する。

そこには確かに《魔力欠乏》がユニークスキルとして追加されていた。

魔力欠乏
《種類》　ＭＰ回復
《正負》　負
《数値》　最大ＭＰ
《間隔》　常時
《対象》　本人
《その他》　なし

〈《複写》はユニークスキルでもできるのか。ん？　これには《源泉》が無い……ユニークスキルには無いのか？〉

『マスター、《解析》始めるよ』

「ああ、急いでやってくれ。かなりきつい」

リリスが心配そうにサナトを見上げる。

「ご主人様、顔色が少し悪いようです……座られた方が」

「大丈夫だ。すぐに治(なお)る」

（それにしてもMP0の状態は本当にきつい。1残っている時とは雲泥の差だ。四十度の熱でもここまでふらつかないぞ）

『マスター、終わったよ』

「助かる」

魔力欠乏
《種類》MP回復
《正負》正
《数値》最大MP
《間隔》常時
《対象》本人
《その他》なし

体内が一気に満たされる。抜けていた力が足に、手に、一瞬で戻っていく。急激な変化だ。サナトを抱えるような体勢だったリリスが、その体の変化を感じとったのか、恐る恐る離れる。

「もう大丈夫だ。治った」

「……え？」

目を丸くしたリリスがぽかんと小さく口を開いた。

サナトがその表情の可愛らしさに小さく笑う。

「本当に大丈夫だ。心配するな。次はリリスの番だ。おっと……その前に――」

――上書きに成功しました。上書きによりスキルの一部が規定スキルに該当しました。

《魔力欠乏》を《魔力飽和》に名称を変更しますか？　ＹＥＳ　ｏｒ　ＮＯ？

「ＹＥＳ」

「ご主人様？」

「さあ、次はリリスだな。一瞬だと言ったのに待たせて済まない。もう一度、触れるぞ」

「……はい。どうぞ」

一体何が起こっているのかは理解できていないだろう。だがリリスは何も聞かない。サナトの表情を見て静かに頷いた。

言われるがまま目をつむって頬を差し出す。しっとりとした肌にサナトが手を当てた。

『《解析》開始しまーす』

ルーティアの軽快な声が脳内に聞こえる。すでにやることは打ち合わせ済みだ。

《魔力欠乏》をサナトに《複写》し、自分の物にして最強化した後に、リリスのものも同様に上書き変更を行う。

これで二人はＭＰが減らないスキルを持つことになるのだ。

『終わったよ』

作業は一瞬だった。ルーティアの声が完了を告げる。

と同時に天の声が響いた。

――個体名リリスのスキルの上書きに成功しました。上書きによりスキルの一部が規定スキルに該当しました。《魔力欠乏》を《魔力飽和》に名称を変更しますか？　ＹＥＳ　ｏｒ　ＮＯ？

（リリスではなく、俺に尋ねるのか。よく分からないシステムだな）

「もちろん、ＹＥＳだ。リリス、もう目を開けていいぞ。無事終わった」

「……はい」

リリスが緊張した様子でゆっくりと目を開け、サナトと視線を合わせた。

そして、きょとんとする。

「ご主人様……何か、体が……」

「軽いだろ？」

「はい……ど、どういうことですか？」

「リリスのＭＰがようやく回復したってことだ」

「私のＭＰが回復……」

「ああ。一度、ステータスカードを――っ!?」

リリスにカードを確認させようとしたサナトの《神格眼》が、だだっ広い空間に突如現れた異質なものを捉えた。

それは、黒い渦。大きさは直径二メートルほど。

ちょうどリリスの背後に、いつの間にかぽっかりと暗い穴が浮かんでいた。

光を全く通さない不気味な漆黒だ。

空間を歪めつつ、不規則な動きをする渦は何の前触れか。

穴から流れ出る異質な空気がその場をゆっくりと支配していく。

リリスが、顔を強張らせたサナトに気付き、勢いよく振り返った。

そして――

真っ黒なスーツのような衣装を身につけた長身の男が、そこから音もなく姿を現した。

第二十八話　最強との遭遇

その男を目にした瞬間、冷や汗がぶわっと噴き出た。

くすんだ赤色の髪をオールバックに固めた男から、途方もない圧迫感が押し寄せる。

以前にダンジョンコアと思しき白いドラゴンと相対したことがある。姿形は違えど、それに近い存在である。

（魔人のスキルを変化させたら何かしらあるかもしれないと思っていた。だが……まさか……本物だというのか。信じられない。この情報は本当なのか……）

《神格眼》に映る情報はあまりに現実離れしたものだ。「鑑定不可」だったドラゴンの時とは違う。

しかし、自分の眼で見えるだけに、敵の強さと脅威がはっきりと理解できてしまう。

バール　７９８歳
レベル89　悪魔
ジョブ：悪魔
《ステータス》
HP：２８３４　MP：２５７５
力：１２７９　防御：１４０１　素早さ：２４６２　魔攻：２１３８　魔防：２０７３
《スキル》
火魔法：達人級　　魔攻＋５００
地魔法：神級　　無詠唱

闇魔法：神級　　精神操作
HP大回復　　天使殺し
MP大回復　　捕縛術：上級
《ユニークスキル》
悪魔の狂気
悪魔の素体
悪魔の瞳
魔の深淵
時空魔法

「……桁が違いすぎる」

『……悪魔』

「やはり本当に悪魔か」

ルーティアの呆れたような声に、サナトははっと我に返った。

数秒の間呑まれてしまっていたようだ。からからに渇いた喉を無理矢理潤すように唾を飲みこんだ。

（まさか俺の生涯で悪魔に出会うことになるとは。こいつはなぜ出てきた？　やはりリリス絡みと考えるのが正解か。目的はなんだ？　いや、それよりも何とか逃げなければ……だが、逃げられるのか……）

勝手に震えそうになる膝を叱咤し、サナトは必死に冷静を装って悪魔を見つめる。

リリスは青ざめ、バルディッシュを構えることも忘れている。

だが、それは致し方ないことだ。たとえ《神格眼》が無くとも、目の前の人物の雰囲気、強さはひしひしと伝わってくるのだから。

「私の正体を初見で看破とは、なかなか見どころがありますね。問答無用で切りかかってくることが多いのですが。様子を見たのも正解です」

朗々と男の声が響いた。大声ではないのに、鮮明に聞こえる。安心感を与える声が逆に恐ろしい。

悪魔が感心したように口角を上げた。

その仕草だけで、サナトの背筋に怖気が走る。抜き身の刀を首筋に当てられているかのような危うさを感じるのだ。

「さて、お話ができそうな方なので聞きますが、そこの人形にいらぬ世話を焼いたのはあなたですか？」

辺りをぐるりと見回した金色の瞳が、リリス以外に何もないことを確認し、はっきりとサナトに向けられた。

腹の底に力を込め、ぐっと歯をくいしばる。ここで下手に出るのはまずいと脳内で警鐘が鳴っていた。

小さく息を吸い、短く吐き出す。

細い糸の上に立っているような、危うい感覚を必死に振り払いながら言った。

「いらぬ世話とは何のことだ？」

「決まっています。人形に何らかの手を加えたことです」

サナトはどう答えるべきか悩んだ。

ルーティアの件を話すべきか、それともはぐらかすべきか。

だが、バールの瞳がゆっくりと細められたのを見て、あまり嘘をつかない方が良いと判断する。

おとぎ話や神話は数あれど、悪魔に嘘をついて、言いくるめることができた例は聞いたことがない。圧倒的な強者にごまかしは通用しないケースが多い。スキルにはよく分からないものが多いのだ。嘘を看破できるスキルを有しているかもしれない。

「人形というのがリリスを指すなら、確かに手を入れた。彼女のスキルを変化させたからな」

「スキルを変化させた？　ほう、興味深い。それに、奇妙(きみょう)な臭いがしていますね」

「奇妙な臭い？」

「ふむ……まあ、あなたは後回しでいいでしょう。まずは人形の方ですね」

バールの瞳がわずかに逸れた。

《神格眼》には悪魔の動きを示すものは何も映っていない。矢印も表示されない。

しかし、大切な少女に悪魔の興味が向いたことを直感し、慌てて背中を向けていたリリスに手を伸ばす。

何かが来る。そう感じたのだ。

スキルは《複写》し終えた。これからは触れることに躊躇する必要はない。リリスを抱き寄せ、《光輝の盾》で防御しなければ。

そう考えて、小さな腕を引き寄せようとした。

しかし、伸ばした手の先に——その小柄な姿が無かった。

まるで最初からその場にいなかったように、忽然と消えてしまっていた。代わりに、硬質な音を立てて、バルディッシュだけがその場に落ちた。

サナトは目の前の事実に大いに混乱し、唖然として口を開けた。

だが、一瞬のことだ。すぐにある考えに思い当たった。

何をされたのかは分からなくとも、誰がやったのかは即座に理解した。

「リリス……」

犯人を射殺するつもりで顔を上げたサナトの視界に、少女が見えた。

よりにもよって、場所は悪魔の正面だ。いつの間に移動したのか。

恐怖に顔を歪めたリリスが体を震わせてこちらを見ている。抵抗できないようだ。《捕縛術》を掛けられているのかもしれない。

何か叫んでいるが、こちらもまったく聞こえない。

代わりに癇に障る悪魔の声が届いた。

「おや、MPが0でなくなっている……」

「だから言っただろ。俺が変えたと」

サナトは腹の底から湧きあがる怒りを抑えて言った。

（こいつも、俺と同じような眼を持っているのか。となるとレベルはばれたと思って間違いないか。どれだ？　……《悪魔の瞳》だと思うが、決めつけるのは早計だな）

バールが不思議そうにリリスを見つめる。手を伸ばして髪に触れた。艶やかな薄紫色の髪に悪魔の指がゆっくりと滑り込む。

「《魔力飽和》というスキルは持っていなかったはず。奇怪な現象だ」

悪魔が怪訝な顔をして少女の頭を優しく撫でた。

口の中でがりっと歯が割れた音がした。

今すぐに全力で《フレアバースト》を放ちたかった。槍に形状を変えた《ファイヤーボール》で串刺しにして燃やしてやりたかった。

サナトはぐっと歯をくいしばった。敵は生半可な強さではない。チャンスを待って殺すタイミングを待つしかないのだ。

(敵が強いなら守りに徹する。兵法の鉄則だ。だが……リリスに手を出した罪は重い)

サナトはできることをひたすら考える。

見えている敵のスキルには効果が予想できるものと、できないものがある。

侮れないことだけは分かるが、《悪魔の素体》などはまったく分からない。

(俺の手札は、無詠唱、攻撃力500の火と水魔法、《封縛》に、攻撃を100%遮断する《光輝の盾》。だが、《光輝の盾》をかけ続けながらは動けない。倒せるか……)

サナトは悪魔の気を引かないよう、慎重に声を潜め、言葉を選ぶ。

もしも仮に聞き取られたとしても独り言に聞こえるように。

「魔防は2073。《ファイヤーボール》で殺せるか?」

『無理だよ。マスターの魔攻15で攻撃力500だとダメージは0になっちゃう』

「くっ」

ルーティアはサナトの意を汲んでたんたんと答えたが、聞かされた内容は絶望的だ。

(これだけ攻撃力を上げても、あのレベルになるとダメージを与えられないのか。俺にはこれ以外に無いというのに……)

サナトは、ルーティアがあっさりとダメージを計算したことに驚いた。

しかしそれを信じるならば、あの悪魔は自分の力では殺せないということになる。

絶望と焦燥が、心を徐々に散り散りにしていく。

（何か、手はないか……このままではリリスが殺されるかもしれない。どうすれば……）

「――っ」

サナトが息を呑んだ。

バールの金色の瞳がサナトに向けられたのだ。またあの突然消える技が来るのかと警戒して、全身に力が入った。

「どうやったのかは知りませんが、この人形は私の暇つぶし用なのでね。より困難な状況に置いてどのような成長をするのか見たいのですよ。余計なことは慎んでいただきましょうか」

悪魔の嫌な笑みに、サナトは総毛立った。反射的に全身を《光輝の盾》で覆う。

それは大正解だった。重低音と共に、瞬く間に真っ暗な世界に放り込まれたかと思えば、四方八方から鉱石の槍がサナトに向かってきたのだ。

鈍い音が次から次へと響く。

巨大なつららのような槍が、サナトの《光輝の盾》に当たっては砕け、当たっては散っていく。

ほとんど視界が奪われた中で、永遠とも思える時間が過ぎた。

突然轟音が途絶えた。ドームが開いていくように光が上から差し込んでくる。薄い緑色、光苔の光だ。

闇の中に放り込まれたと感じたのは、一瞬にして石壁(いしかべ)で周囲を覆われたからだった。

サナトは奇跡的な結果に、危なかった、と大きく息を吐いた。一瞬でも《光輝の盾》が遅れれば死んでいた。

(囲んで逃がさないようにしてからの集中攻撃。完全に殺しに来たか……まずい流れになった)

ぼろぼろと石壁が崩れ始めると同時に《光輝の盾》を解除した。

悪魔の前で動けないリリスが涙を目いっぱいに浮かべていた。サナトと目が合うと、安堵(あんど)の表情に変わり、大粒の涙を流す。

さらに何か口を開いて伝えようとしている。

(大方、逃げろってことだろうが聞こえないぞ。それに、このまま逃げるつもりはまったく無くてな)

絶望的な状況の中でサナトは苦笑した。

『マスターっ!』

サナトはルーティアの叫びで、はっと我に返った。窮地を生き延びたゆえの、一瞬の気の緩みだったのかもしれない。

またも、目の前にいたバールの姿が無かった。

どこだ、と捜そうとしたときサナトの頭の上に、ひんやりとした手の感覚が舞い降りた。グローブを当てられたようなごわごわした感触。人間の皮膚とは違う。

悪魔がサナトの頭部を鷲掴みにしていた。続いて聞こえたのは、腹立たしいほど落ち着いた声。

「ふむ……どうやって私の魔法を防いだのか。レベルの低いあなたには抵抗などできないはずなのですが。本当に謎ですね」

サナトが反射的に悪魔の方へ顔を向けた。

と同時に、最大威力の《ファイヤーボール》を振り向きざまに放つ。

だがまたも――

「どこを狙っているのか知りませんが、私に当てることは不可能ですよ。しかし……また謎が増えました。なぜ限られた者にのみ許された《無詠唱》まで使えるのか。見る限り、それらしいスキルは無いのに。変わったスキルはお持ちのようですが」

悪魔は余裕の表情で、ゆっくりと腕組みしてサナトとリリスの中間に立っていた。

優雅さすら漂う佇まいからは、何の警戒もしていないことが伝わってくる。

サナトは小さく舌打ちをした。

すでに恐怖は消えたが、代わりに焦りが大きくなっていた。

（しまった。無詠唱のカードを無駄に切ってしまった……油断しているうちに当てるつも

りだったのに。こうなると、何とか動きを止めないとダメか。だが、このレベルの悪魔に《封縛》が通用するのか）

迷うサナトに悪魔の言葉が投げかけられる。

「ですが、少し見直しましたよ。大抵の人間は私と戦うと早々にあきらめるか、あっさり死にますからね。弱いのによく耐えたものです。尊敬に値し……いえ、失礼。悪魔は自分より強い者にしか敬意を払わないのでした」

「……それは残念だ」

「もしも、魔法を防いだ方法と、この人形のスキルをどうやって変化させたのか教えてくだされば、ほんの少しだけ敬意を払っても構いませんが？」

悪魔がからかうように微笑む。

サナトが小さく肩をすくめた。

「しゃべったとしても、どうせ、最後は殺すつもりだろ？」

「おや、ばれていましたか。私の人形に手を出されるのは困りますからね。イレギュラーは排除するに限りますし」

「悪いが、リリスは俺のものだ」

「口の減らない方だ」

それが悪魔の最後の一言だった。

再びサナトが無詠唱で《ファイヤーボール》を放つ。

今度は避けなかった。力を見せつけたいのか。完全に舐めているのか。

膨大な熱量を伴う炎弾を、悪魔が伸ばした片手で受け止めた。じゅっという小さな音を立て、数秒間、そのまま抗うように燃え続けた炎の塊が虚空に消えた。

悪魔が驚嘆の眼差しで、受け止めた手をしげしげと眺めた。

「やはり、普通の魔法ではないと。魔法の新しい可能性ですか。もう少しくらいなら、試しても良かったかもしれませんね」

そうつぶやいた悪魔は再び姿を消した。視界から完全に消えてしまった。

また後ろに回ったか。そう決めつけて振り返ろうとした。

だが、遅かった。そう考えた瞬間には勝負が決まっていたのだ。

胸に感じた違和感で下を見た。

そこには――

灰色のローブを突き破った悪魔の腕が、真っ赤に染まって生えていた。長い爪の間にどす黒い血が入り込んで滴っている。

茶色い大地にぽたりと一滴血が落下し、黒い点が描かれる。

サナトは急激な意識の混濁に襲われた。体の中から一気に熱が失われていく気がした。

目の前に闇が訪れようとする中、自分の胸から突き出た腕を両手で掴んだ。

そして、ルーティアの叫び声とリリスが号泣する姿を最後の記憶として、一言つぶやいて膝から崩れ落ちた。

第二十九話　半端者でも

胸の激痛が突如無くなったことに驚き、サナトはゆっくりと目を開けた。

そこはまるで別世界だった。湿度の高い迷宮特有の空気も、薄緑色に光る苔もそこには存在しない。

(どこだ、ここは?)

うつ伏せになっていた体を引きはがすようにして起こした。ふと下を見ると、さっきの出来事が嘘のように胸の穴は存在しなかった。

「異世界の異世界といったところか?　これは想定外だな」

サナトが倒れていたのは大きな部屋だった。辺りを見回した。

陽光が差し込む白い壁。床には明るい赤のカーペットが端まできっちりと敷いてある。

家具は少ない。大きな丸テーブルと木製の椅子が一つ。

腰までの高さの棚の天板には、クマのぬいぐるみと小さな二つの人形。

壁際にある本棚から数冊の本が滑り落ちたのか、赤いカーペットの上にページが開いた状態で放置されている。

（……それにしても一撃も持たなかったか。いくら装備で底上げしても俺の防御は低いからな。念の為に保険をかけておいて正解だった）

サナトは、この部屋には特に危険はなさそうだな、と緊張をといた。

「その場で復活すると思っていたが、違うのか。迷宮ではないことは間違いなさそうだが」

穏やかな室温。防音室を思わせる静けさ。窓から見える景色は草原がどこまでも続いている。

楽園というものがあるならばこんな感じだろう。そう思った。

《神格眼》は機能しない。ステータスも見られない。死んだのは間違いないな）

己の冷静な部分がそう判断した。だが、サナトにとってこの事態は既に予想していた未来の一つだ。

「まさか早々にこんな状況になるとは。ケチらずに買っておいて良かった。ファンタジーなこの世界に感謝しなければ。後はどうやれば戻れるかなのだが……」

いずれにしろ、この部屋にいても事態は進まないような気がして、たった一つの出入り口に近付く。

ドアノブを回すと、カチッと小さな金属音がして扉が開いた。随分と懐かしい音だ。

サナトは体を滑り込ませるように廊下に出る。そこにあったのは長大な廊下だ。こちらも幅の広い赤いカーペットが中央に敷かれている。人の気配は無い。

警戒するべきだろうかと一瞬悩んだが、死んだ身で何を今さらと思い直した。

遠慮なく、静謐な空間をたった一人歩き出した。

＊＊＊

程なくして、ようやく一人の人物に出会った。廊下の角から音もなく現れたのだ。

肩にかからない長さの銀髪を揺らす若い女性である。

落ち着いた佇まいに白いブリム、モノトーンの生地のエプロンドレスを着たメイドそのものであった。

サナトはここにいる理由を慌てて説明しようとしたが、女性は「何もご説明いただく必要はありません」と先を制した。

そのまま侵入者に等しい男を無表情で数秒見つめる。

くるりと踵を返すと「どうぞこちらへ」と告げ、返事も聞かずに歩き出した。サナトは様々な疑問を棚上げして急いで後ろに続いた。

「どこへ行く？」

「主人のもとへ案内いたします。離れないようにしてください。ここは迷路ですので」

それ以上の質問を許さない雰囲気を醸し出すメイド。

言葉が少ないのは性格か、主人の教えか。《神格眼》が使えないので名前も分からない。

サナトは無言で歩くメイドの後に続いて、扉を何度もくぐる。

部屋に入ったかと思えば窓から出て、窓から入ったかと思えば隠し階段のような場所を通ってどこかの部屋に出る。大きな扉もあれば小さな扉もあった。

それの繰り返しだった。

うんざりしてきた頃、ようやくメイドが両開きの扉の前で立ち止まり、くるりと振り返った。

「お待たせしました。こちらが主人の部屋でございます」

「……ありがとう、というべきなのか？」

「それはこちらが申し上げることです」

「どういう意味だ？」

メイドがゆっくりと頭を下げた。だがサナトの質問に答えはない。

代わりに重い音を響かせながら目の前の扉がゆっくりと手前に開かれる。

「では、私はこれにて」

呆気にとられるサナトを残し、メイドの姿が掻き消えた。

もはやサナトに道は分からない。元来た場所に戻ることは不可能だろう。

それにここにはマッピングをしてくれるルーティアも、愛しい少女もいない。

前に進むしかないのだ。

「どっちにしろ、戻るためには選択肢は無いということか」

サナトは小さく息を吐くと、気を取り直して、室内に歩を進めた。

＊＊＊

最初に目についたのは中肉中背の壮年の男だ。

大きなデスクの向こう側にある豪奢な椅子に背中をゆったりと預けている。すぐ隣には眼鏡をかけた気難しそうなスーツ姿の細身の男。秘書のような印象だ。

こちらは分厚い書類の束を片手に抱えたままサナトを見ている。

「案内されて来たのだが……」

サナトは二人の男の前で、さらりと言った。

悪魔を前にしたプレッシャーに比べれば、ちょっと変わった空間など気にならない。彼らの服装も、前の世界を知るサナトには何ら違和感はない。

「予定にあったか？」

壮年の男が、キィッと革張りの椅子を揺らして秘書の男に問いかけた。秘書が眉をひそめて書類をぱらぱらとめくる。

無言の時間が少し続いた。

秘書の手が止まり、ずれた眼鏡を持ち上げた。

「ありません」

「……例外ってことだな」

「私が管理し始めてからは、こんなことは一度も無かったはずです」

「お前が優秀なのは分かっているが、何にでも例外はある。手元に無いならさっさと探せ」

壮年の男の一言に軽く頷き、秘書の男が背後の棚の書類を漁(あさ)る。

サナトにはすべて同じに見える紙の束だが、何か目印があるのだろう。調べる男に迷いは無い。

数枚の紙をめくる音が止むと同時に、一枚の白紙が壮年の男に差し出された。

興味本位でちらりと覗くと、文字は書かれていなかった。本当にただの白紙に見えた。

だが、受け取った男はそれをしばらく眺めて、小さく口角を上げた。

「やはりな。まず過去が抜け落ちている。どこかから飛ばされてきたか」

壮年の男がサナトを一瞥し、さらに続ける。

「名はサナトか。なかなか濃い時間を過ごしてきたようだな。強盗(ごうとう)、窃盗(せっとう)、詐欺(さぎ)、スリか」

「……違う。それは――」

慌てて反論しようとすると、皺の入った大きな手が上がった。

まずは聞けということだろう。

「貴様がやったのではないと分かっている。すべて、自分の身に降りかかったことだとな」

サナトは無言で首を縦に振った。

「世界を越えて、新しい世界でひたすら奪われる側となった貴様は弱さを恨んだ。元の世界でよほど温い生活をしていたのだろう」

「……」

「そして強くなろうとひたすらモンスターを狩り続けた。最高記録じゃないか？　たった二年でここまでの数のモンスターを狩ったのは。まあ鳩ばかりのようだが」

「……次の仕事が控えておりますが」

苦笑する壮年の男に、静かに声がかかる。秘書の男が言外に、無駄口をいさめたのだ。

しかし、主人は意に介することなく話を続ける。

「そして、ある日を境に変わった力を身に付けた。どこかで聞いたことのあるスキル改変の力だな。貴様は早速強者のフリをする。だが、渇きは収まらない。しかも内面は善人にも悪人にも成り切れない半端者。目的も無くただ強さを求めた。そして新たなスキルを求めている時に魔人の少女と会う」

「……何が言いたい？」

サナトが眉根を寄せた。

「最初はスキル目的だったはずが、気付けば少女に執着していく。奪われ続けた経験から奪われることに対し恐怖を感じてしまう。強い独占欲が心を支配し、しまいには遥か格上の悪魔にすら一歩も引かず牙を剥いた。そして最後は頼みの綱のＨＰ回復スキルが機能せず、あっけなく死亡」

「長々となにを言うのかと思えば。余計な世話だな。嘲笑いたいだけか？」

棘のあるサナトの言葉に、壮年の男がかぶりを振る。

隣で秘書が「無礼な」と眉をひそめた。

大きなデスクの上に紙がふわりと放り投げられる。

「いいや。心に振り回される人間らしい行動だなと思っただけだ。力を得て満足するのかと思えば、目的もないのに更に力を欲する。慎重派かと思えば、時に格上にすら牙を剥く。私には貴様が何をしたいのかさっぱり分からない」

「俺は……誰かに奪われなければそれでいい」

「そのためにひたすら最強を追い求めるわけか……だが、もう十分強いだろ？　悪魔にケンカを売ってまで貫く必要はないと思うがな。あの男は人間にとって明らかに異質な存在だ。例外として無視した方が良い」

「あいつはリリスに手を出した」

「手を出した……ねえ。ふむ、まあ貴様の人生だ。好きにすれば良い。だが、用意していた蘇生アイテムは一つだろ？　次は本当に死ぬぞ」

「分かっている。そのために何とか手は打ってきた」

「……どうあっても倒すつもりらしいな」

「経歴を見たのだろ？　さっきも言ったが、俺は奪われるのが嫌なんだ。相手が悪魔でもな」

壮年の男が、再び豪奢な椅子に背中を預けた。

手をひらひらと振りながら、面白がっている顔で秘書の男に「送り返せ」と一言告げた。

「最後に教えてやろう。貴様の打った手は正解だ。あの悪魔の技を破るにはそれしかない。それと、魔法が一発で効かないなら、同時に撃て。その分威力は上がる。まあお前くらいにしかできない芸当だがな」

「同時に？　なるほど……意外と親切だな」

「人間にやり込められる悪魔を見るのも悪く無い。期待しておこう」

サナトが目を丸くしたのを見て、壮年の男が表情を崩して笑う。

秘書の男が片手を向けた。

白い光が体を包む。意識が遠のいた。

第三十話　次は無い

恐ろしい速度で放たれた土魔法の中でサナトが生き延びていたのを見た時には、リリスは大きく安堵した。

どうやって防いだのだろう。悪魔の使う桁違いの魔法を凌ぐなんて、ご主人様はやはりすごい。この方ならもしかして悪魔も倒してしまうのでは。

そんな淡い期待が浮かんだ。

だから、リリスは自分の瞳に映る光景が信じられなかった。いや、信じたくなかった。

自分が慕う男は、確かに悪魔の背後からの一撃で胸の中央を貫かれた。

目を背けたくとも、自分を縛る魔法のせいで不可能だった。

その結果、貫かれてゆっくりと倒れていく瞬間まで、すべてをはっきりと目にすることになった。

「逃げて」と何度も叫んだ声は届いていないようだった。それとも、サナトはあえて無視したのかもしれない。もしそうなら、その理由はおそらく自分にある。

何もできないまま無様に捕えられて叫ぶことしかできなかった。

リリスはサナトが自分を大切にしてくれていることを知っている。だが、リリスの中での優先順位は、絶対にサナトが上なのだ。

こんな結果が訪れるくらいなら、自分が死んだ方がましだった。逃げてくれた方が良かった。

たとえ復活が約束されていても、自分のせいで主人を死なせたくなかった。

悪魔は最初からサナトを少しも警戒していなかった。

せいぜい興味を引かれた程度。常に余裕があり、あがくサナトを観察しているかのようだった。

リリスはそれがとても悔しかった。

とっても強いご主人様を甘く見るな、と大声で言ってやりたかった。

「魔法は防げても直接攻撃にはこの程度ですか。脆(もろ)いですね」

無表情でサナトの体から腕を引き抜いた悪魔は、空間から着替えを取り出した。新しい服に袖を通し、静かに近づいてくる。

リリスはその様子を、涙で歪む視界の中でずっと見ていた。

サナトが蘇生アイテム――復活の輝石――を購入したことを知らなければ、おかしくなっていただろう。

動かない体を何度も動かそうと試みる。もしサナトが復活しても、自分が動けなければ、同じ結果になってしまうからだ。

サナトは決して自分を置いて逃げない。

悪魔との戦いを見て、そう確信した。しかし、そうなった先に待つのは主人の本当の死だ。

「無駄ですよ。あなたにはどうしようもない」

見透かしたような悪魔の冷ややかな声が空間に響く。

だが、リリスはそんな悪魔の言葉は耳に入っていなかった。泣き笑いのような表情で涙をぼろぼろと流す。

その視線は、ゆっくりと立ち上がった主人に釘付けになっていた。

＊＊＊

サナトはひんやりとした地面の感覚を頬に感じながら、ゆっくりと目を開けた。自分の衣服が濡(ぬ)れている理由を、大量の血液のせいだと理解した。

(傷は……無いな。流した血も問題なさそうか。さすがに蘇生アイテムを自分の身で試したことはないが、こんな感覚なのか)

夢の中にいるような浮遊感(ふゆうかん)が体に残っているが、行動には問題なさそうだ。

寝転(ねころ)んだまま、拳を何度か閉じたり開いたりを繰り返し、体の感触を確かめる。と同時に、サナトに命が戻ったことで天の声が脳内に響いた。

――《解析》が完了しました。《複写》を行いますか？　YES　or　NO？

「YES」

『マスターぁぁ、やっと戻ってきたぁぁっ』

ルーティアの感動したような声が大音量で響き、サナトは忍び笑いを漏らした。ずっと待っていてくれたのだろう。

ゆっくりと死後の世界の話を聞かせたかったが、今は先に為すべきことがある。

早急にウィンドウに表示されたスキルの一覧から、目的のものを選択する。

『ユニークスキルの《時空魔法》を《複写》するの？』

「急いで《解析》してくれ。まずはMPをすべて1に変えて、呪文を消してくれ」

（死ぬ間際になんとか二度目の接触に成功して良かった。あの男もこれが正解だと言っていた。だとすれば……）

――新たなスキルを得たことにより、《神格眼》の権能が拡大されます。《時空把握》が可能になりました。

うつ伏せになったまま、拳をぐっと握りしめる。

《時空魔法》のみではなく、《神格眼》で何かが視えるようになったらしい。

『マスター、《時空魔法》を早速使うの？』

「いや、使える魔法を順に教えてくれ。作戦会議だ」

＊＊＊

サナトがゆっくりと立ち上がった。

体についた砂埃を軽くはたき落とし、凝り固まった首を鳴らす。

「おや、死んだと思いましたが……」

物音を察知した悪魔が顔に冷笑を浮かべて振り返った。

「生憎、往生際が悪いからな」

「……なるほど。高価な蘇生アイテムでもお持ちだったのですね。しかし、そのまま寝ていた方が良かったのでは？」

「それだとお前をぶちのめせないだろ」

「おやおや、何と凶暴な」

悪魔がにやりと笑うと同時に、世界が一瞬で黒く変化した。

薄緑色の光苔も黒く、地面も黒い。時間が停止したことを示していた。

その中に、ぼんやりと白く光るリリスとサナト、そして悪魔本人。何もかもが一瞬にして動きを止めた。

だが、悪魔だけは酷薄な笑みを貼りつけて、すぐに動き出した。

《時空魔法》の《時間停止》を使用した当人だけは、この限定された空間の中を移動可能なのだ。

「人間とは無駄なことが好きな種族ですね。何度やっても結果は変わらないというのに、わざわざ蘇ってくるとは、愚かしいことだ」

悪魔は誰にも聞かれるはずのない独り言を闇の中でつぶやく。

未だに魔法を防いだ原理は分からないが、直接攻撃は有効だと知れている。再び前でも、後ろでも、近付いて腕で貫けば話は終わりだ。首を飛ばしても良い。

蘇生アイテムをいくつも用意しているとは思えない。

用意していたとしても、連続して使用するには一定のインターバルが必要だ。

「簡単な話です」

そう考えていた悪魔は、次の瞬間目を見開いた。

「ばかなっ」

止まっていた時間が動き出した。リリスの涙がぽろぽろと流れ落ち、サナトの腕がゆっくりと持ちあがった。

わずか数歩の間に、作り出した黒い空間が霞のようにあっさりと溶けて消えてしまったのだ。

「この私が、魔法を失敗した……」

混乱する悪魔は何か失敗する要因が無かったか、考えを巡らす。しかし、《時空魔法》は悪魔の専売特許のような魔法だ。

最も使い慣れた魔法でもある。高位の悪魔である自分が失敗するはずがないという結論に至る。

「信じられませんが、まさか、あなたが？」

ようやくその考えに至った時には、もう遅い。悪魔の両手と両足には光り輝く手錠がかけられた後だ。

《封縛》――強度を最大にまで上げた、サナトの切り札の一つである拘束魔法。

素の速さでは到底歯が立たない悪魔に対し、確実に動きを止められるこの瞬間を待っていたのだ。

「この程度の拘束でどうにかなる私だと思っているのですか？」

「長く持たないことは織り込み済みだ」

動揺を即座に押し殺し、悪魔が余裕を見せつけるように口角を上げたが、対峙しているサナトもまた同様に笑みを深めた。

間髪を容れずに悪魔に巨大な《火魔法》が襲いかかる。

無詠唱で放たれた、ただの《ファイヤーボール》だ。

だが威力が違う。熱量も、攻撃力も今まで使った《ファイヤーボール》とは異なる。

悪魔は動かない手足に力を込めて《封縛》の破壊を試みるが、簡単には壊れそうもない。

少しばかり時間が必要だと判断し、やむを得ず受け止めるために両手を前に突き出す。

そして、

「ぐぅぅぅっ‼　そんなバカなっ⁉」

予想もしていなかった魔法の威力に、初めて顔を醜く歪めた。

両腕がみるみるうちに真っ黒に焼け焦げ、さらにすべてを喰らわんと、炎の塊が悪魔の体の中心を目指す。

衣服がはちきれんばかりに、悪魔の腕の筋肉が膨れあがった。

「なぜだっ‼」

さっきはこんな威力ではなかった。

驚愕の表情がその言葉をありありと表していた。

必死に抵抗する悪魔の顔からとうとう余裕が消えた。死に物狂いで目の前の炎塊に抗い始めた。

一方でサナトのこめかみにも冷や汗が流れていた。炎がどんどん弱まってきているのだ。燃やし尽くすことはできそうになかった。

(これでもまだ倒し切れないじゃないか。あの嘘つき男め)

したり顔で話していた壮年の男に心中で愚痴をこぼした。

敵の残りＨＰは、まだ８１９もある。２０００程度は削れたが、殺すには至らない。

《ファイヤーボール》の対象を複数指定に変え、ルーティアの補助で十発分を同時に照準、発動し、すべてを目の前の悪魔にぶつけてなお、一度ではダメらしい。

単純に計算するなら、攻撃力５０００の魔法。それでも、滅するには力不足だというのだ。

いかにこの悪魔が規格外の存在であるのかを痛感する。

「こんなものでぇえっ‼」

とうとう《ファイヤーボール》の炎の勢いが弱まり鎮火する。改めて《封縛》の破壊を試みる悪魔。

削ったＨＰも《ＨＰ大回復》があれば瞬く間に回復してしまうだろう。

「ルーティア、もう一発だ！　急いでくれ！」

『了解っ！』

伸ばした左手から、再び巨大な《ファイヤーボール》が発射された。すでにこの魔法は十分に脅威だと知られてしまった。次を外せば後が無い。

悪魔がぎりっと歯をくいしばって、炎の塊を睨みつける。

と、同時に、またも世界が黒く塗りつぶされる。《時間停止》を使用したのだ。

「させるかっ！」

サナトの《時間停止解除》によって魔法はキャンセルされる。みるみるうちに空間が元の景色に戻っていく。

悪魔が焦燥を滲ませる顔で言った。

「やはり、あなたかっ！」

「いい加減にくたばれ！」

悪魔が舌打ちをして、一瞬で背後に直径二メートルほどの黒い渦を生み出す。どこに繋がっているのか分からない不気味な空間。

最初にこの場所に現れた時に使用した、移動系の魔法である。

ＨＰの回復を待てず、《封縛》も破壊できないと理解した悪魔は、目の前に迫る巨大な《ファイヤーボール》をしり目に、とうとう逃げを選択した。

事実、時間をかければいくらでもサナトを殺す手段がある。体勢を立て直すのは間違っていない。

「すぐに戻ってきます。この縛(いまし)めを破壊してね」

囁くように言い残した悪魔は、ほとんど動かない体を後ろに倒れ込ませるように、黒い渦の中に消えた。

それを追いかけていた《ファイヤーボール》が突然標的(ひょうてき)を見失い、地面に激突(げきとつ)した。

経験したことのない、荒れ狂う熱風と熱波が室内に波紋(はもん)のように広がり、大地の一か所が真っ黒に変色した。

しかし、サナトは地面を見ていない。

睨みつける先は、悪魔が消えた黒い渦があった場所の真上だ。

「このパターンはあるかもしれないと思っていたが、まだか？　タイムラグがあるのか？もし失敗していたら……」

焦れるサナトに、ルーティアが自信に満ちた声で言う。

『心配しなくても大丈夫だって。私が座標を合わせたんだから』

「俺にとっては、初めて使う魔法だぞ」

『でも案外簡単な魔法だったよ。《ファイヤーボール》で複数に狙いを付けるよりよっぽど楽……あっ、来たよ。タイミングだけ教えてね』

ルーティアの声に促され、サナトは虚空を見つめた。

望んでいたものは程なくして現れた。

何も無かった場所に黒い塊が生じ、一気に水平に広がって円形を成す。直径二メートルほどの、悪魔が使用していたものと同じ、黒い渦だ。

その渦の中から、重力に逆らうことなく何かが落ちてきた。

それは、手足に《封縛》をかけられた悪魔本人だった。

「ルーティア、放てっ！」

『発射ぁぁあっ！』

背中から盛大に落下し小さく安堵の息を吐いたと同時に、自分が同じ場所に飛んだことに気付いて混乱する悪魔は、体の上から降ってくる炎の塊に目を見開いた。

「――なぜっ⁉」

疑問にサナトが答えることはない。

止めを刺せる千載一遇の機会を逃す訳にはいかないのだ。

複数指定を併用した渾身の《ファイヤーボール》は、それ以上考える時間を与えなかった。

愕然と表情を歪めた悪魔の上に、巨大な炎の塊が轟音を響かせて落下した。

＊＊＊

焦げくさい臭いが漂っていた。

炎弾が落ちた場所には、黒い跡以外は何も残っていない。

サナトは胸の中に溜まっていた熱い空気を大きく吐きだし、代わりに湿った迷宮特有の空気を胸いっぱいに吸った。

（俺が作った渦に飛び込んだと気づかれなくて良かった……何もかもが崖っぷちだった……）

サナトは安堵の息を吐いた。

《神格眼》で、残り８００程度のＨＰバーが振り切ったところまでは確認した。死体は無いが、光の粒子に変わったのだろう。

途方もない強者である悪魔を倒したのだ。

ゆっくりと体の力が抜けた。

もし、《複写》ができていなければ。

もし、死後の世界で《ファイヤーボール》の攻撃のヒントを貰えていなければ。

もし、逃げようとした悪魔に対し、機転を利かせられなければ。

そのどれか一つでも誤っていたら、自分とリリスは死んでいただろう。

今さらながら膝が震えた。思い出すだけで呼吸が浅くなった。

「だが、あいつは死んだ」

サナトは自分に言い聞かせるようにつぶやいた。

敵はもういない。奪われたくなかったものは守り抜いた。

束縛が解けたリリスが、顔をくしゃくしゃにして走ってきた。

「ご主人様っ」

泣きはらして目を真っ赤にした少女が、サナトの腕の中に飛び込んだ。勢いが良すぎて二人ともよろめいた。

胸に顔をうずめ、無事で良かったです、と何度も言うリリスの髪を、サナトはそっと撫でた。

柔らかい髪だった。

目の前から消えた時にはどれほど焦ったことか。

自分の腕の中にいることを、心の底から嬉しく思った。

「大丈夫だったか？」

リリスがぱっと顔を上げた。すぐに口を開こうとした。

だが、言葉は出ない。戦い抜いた主人に何を言うべきなのか迷ったのだ。

すぐに逃げなかったこと。一度死んでしまったこと。悪魔を倒したこと。

責（せ）めたいことも含めて、言いたいことはいくらでもあった。

だが正解は分からない。だから、とりあえず――

「ありがとうございます」

その一言を花が咲（さ）いたような笑顔で言った。

サナトは微笑みながら、再びリリスの頭を自分の胸に抱き寄せた。

あとがき

この度は文庫版『スキルはコピーして上書き最強でいいですか1』を手に取っていただき誠にありがとうございます。作者の深田くれとです。

本作は、異世界とはいえ意外と厳しい現実がある、という視点から執筆しました。そのため主人公のサナトは転移後に生活苦に陥り、城の清掃係に至るまでに様々な経験を重ねています。作品内ではその辺りの詳細は省き、剣を振る場面から始めましたが、そういった苦い経験があるために、彼は世界に対してシニカルな考え方を持っています。

誰に対しても常に優しく正義を貫いていく主人公とは違い、敵に対しては冷酷(れいこく)であり、行動の裏には自分の利益を計算している、そんな主人公です。

ようやく安定した仕事に就いたにもかかわらず理不尽(りふじん)な理由でクビになったため、一攫千金を狙い迷宮の冒険に挑むわけですが、ここでも異世界は彼に優しくありません。サナトは大量の敵に囲まれた挙句(あげく)、すべてを諦めてしまいます。

主人公が「窮地で諦める」という行動は、最強物の主人公らしからず、読者の皆様にフラストレーションを溜めさせてしまったことと思います。ただ、臆病(おくびょう)な性格をひた隠しにしつつも、一方で気になる少女の前では格好つけたいと望む普通の青年も、人間味があって筆者は大好きです。そういった意味で、本作を楽しんでいただければ嬉しいです。

また、「HPやステータスの変動」という部分に関心を寄せていただいた読者の方もいらっしゃることでしょう。これについて、実は執筆中に大失敗をしてしまいました。

というのは、表計算ソフトでジョブごとの基礎値や武具の値、期待値などを加味してダメージ量やステータスの上昇値を計算していたのですが、リリスのステータスに関しては、魔人の値を使用すべきところを、当初から普通の人間の値を用(もち)いてしまいました。それに気づいたのが物語中盤(ちゅうばん)だったこともあり、最終的にレベル16からステータスが大きく上昇するという荒業(あらわざ)で調整しました。作中ではサナトが「なぜさっきまで70超えだった力が倍以上になった？　～中略～　まさか覚醒とかあるのか？」と大げさに驚いてくれています。違和感を覚えなかったのなら大成功ですが……いかがでしたでしょうか？

物語はまだ序盤です。リリスとの距離がどう近づくのか。ルーティアがなぜ宿ったのか。暗躍(あんやく)する悪魔にはどんな目的があるのか。今後の展開を楽しんでいただけると幸いです。

最後になりましたが、読者の皆様をはじめ、本書の刊行にあたってご尽力(じんりょく)いただいた、すべての関係者の皆様に厚く感謝申し上げます。

二〇二一年二月　深田くれと

「銀座編」開幕!!

累計630万部（電子含む）突破!

ゲートSEASON1～2 大好評発売中!

漫画 最新20巻 12月16日刊行!

※地域によって流通が遅れる可能性があります。

SEASON1　陸自編

単行本

●本編1～5／外伝1～4／外伝+

●定価：本体1,870円（10%税込）

文庫

●本編1～5〈各上・下〉／

外伝1～4〈各上・下〉／外伝+〈上・下〉

●各定価：本体660円（10%税込）

漫画

漫画：竿尾悟

●1～19（以下、続刊）

●各定価：本体770円（10%税込）

SEASON2　海自編

単行本

●本編1～5

●定価：本体1,870円（10%税込）

文庫

●本編1～3〈各上・下〉

●各定価：本体660円（10%税込）

大ヒット 異世界×自衛隊ファンタジー

ゲート0(ゼロ) GATE:ZERO

自衛隊 銀座にて、斯く戦えり〈前編〉

柳内たくみ Yanai Takumi

ゲート始まりの物語「銀座事件」が小説化!

20XX年、8月某日――東京銀座に突如『門(ゲート)』が現れた。中からなだれ込んできたのは、醜悪な怪異と謎の軍勢。彼らは奇声と雄叫びを上げながら、人々を殺戮しはじめる。この事態に、政府も警察もマスコミも、誰もがなすすべもなく混乱するばかりだった。ただ、一人を除いて――これは、たまたま現場に居合わせたオタク自衛官が、たまたま人々を救い出し、たまたま英雄になっちゃうまでを描いた、7日間の壮絶な物語――

首都東京に、突如開かれた「門」。中から現れた怪異達が、人々の殺戮を開始した――

銀座崩壊!

その時、日本を救ったのは、一人のオタク自衛官だった!?

累計630万部!

大ヒットファンタジー『ゲート』始まりの物語が贈る!

●ISBN978-4-434-29725-0 ●定価:1,870円(10%税込) ●Illustration:Daisuke Izuka

アルファライト文庫

この作品に対する皆様のご意見・ご感想をお待ちしております。

おハガキ・お手紙は以下の宛先にお送りください。

【宛先】

〒150-6008 東京都渋谷区恵比寿 4-20-3 恵比寿ｶﾞｰﾃﾞﾝﾌﾟﾚｲｽﾀﾜｰ 8F
（株）アルファポリス　書籍感想係

メールフォームでのご意見・ご感想は右のＱＲコードから、
あるいは以下のワードで検索をかけてください。

本書は、2019 年 7 月当社より単行本として
刊行されたものを文庫化したものです。

スキルはコピーして上書き最強でいいですか 1
改造初級魔法で便利に異世界ライフ

深田くれと（ふかだ くれと）

2022年 2月 28日初版発行

文庫編集－中野大樹／宮田可南子
編集長－太田鉄平
発行者－梶本雄介
発行所－株式会社アルファポリス
〒150-6008東京都渋谷区恵比寿4-20-3恵比寿ガーデンプレイスタワー8F
TEL 03-6277-1601（営業） 03-6277-1602（編集）
URL https://www.alphapolis.co.jp/
発売元－株式会社星雲社（共同出版社・流通責任出版社）
〒112-0005東京都文京区水道1-3-30
TEL 03-3868-3275
装丁・本文イラスト－藍飴
文庫デザイン―AFTERGLOW
（レーベルフォーマットデザイン－ansyyqdesign）
印刷－中央精版印刷株式会社

価格はカバーに表示されてあります。

落丁乱丁の場合はアルファポリスまでご連絡ください。

送料は小社負担でお取り替えします。


ISBN978-4-434-29971-1 C0193